KB141878

지극히
사소한,

지독히
아득한

지극히
사소한,

지독히
아득한

임영태 소설

살아가는 한
끝나는
일이란 없다

마음
서재

| 차례 |

수십 권 되는 것도 아닌데 그동안 내 소설책이 몇 권인지 헷갈린다. 등단 이듬해에 낸 첫 장편부터 연대순으로 하나하나 짚어보았다. 헤아리니 이번 책까지 열한 권이다.

작가 생활이 몇 해인지도 셈해보았다. 이십오 년으로 딱 떨어지는 것이어서 '○○주년' 하는 표현이 떠오르며 잠시 기분이 묘했다. 세월이 어느덧 그렇게 되었구나. 아무려나, 이십오 년에 열한 권이면 과작이다. 더욱이 이번 소설은 칠 년 만이고 보니 내가 꽤나 더듬거리며 쓰는 사람이라는 것을 새삼 느낀다.

삼부작. 작가 스스로 이런 명명을 하는 건 좀 계면쩍은 일 아닌가 모르겠는데, 《비디오를 보는 남자》《아홉 번째 집 두 번째 대문》에 이어 이번 소설까지를 삼부작이라 말하고 싶다. 형상화 스타일과 주제에서 세 소설에 일관하는 것이 있다. 비디오 가게, 대필 사무실, 편의점이라고 하는, 한 시대의 다양한 욕망과 정서가 모여드는 풍속적 공간을 중심으로 세상을 바라본다는 점이다. 그리고 주제는 공히 '살아가는 일'이다.

사람들은 저마다 자기 몫의 돌을 굴려 올리며 그 숙명 안에서 자기 존재의 긍지를 찾는다. 세상 누구인들 열심히 살았다고 말하지 못할 것인가. 비굴한 아첨도 허세도 뻔뻔함도, 남의 심장에 대못을 박는 일마저 아무튼 저마다의 고군분투이다. 그런 눈길로 바라보면 모든 삶이 눈물겹다. 저마다 시시포스의 발걸음이다. 고단했다는 것으로 인생이 다 정당화될 순 없겠으나 연민과 위로는 남아야 하리라는 것, 그것이 이 소설들에서 내가 길어 올리려 했던 것이다.

이번 소설에서는 특히 생존 욕망과 가치 추구의 괴리를 들여다보았다. 먹지 않으면 죽는다는 단순하고 치명적인 생존 조건 아래에서 사람들은 어떤 노동이든 해야만 한다. 동시에 그것만큼 절실한 것이 '나는 왜 살아가는가' 하는 자기 존재의 의미이다. 여기엔 우열이 없다. 먹고살 것이 없어 가족이 함께 목숨을 끊는 참혹한 비극과, 사는 의미를 찾을 수 없어 스스로 생을 버리는 이의 허망감은 본질에서 다르지 않다.

살아내는 매 순간의 '지금 여기'에서 긍지를 찾아야 하리라.

스스로 만들어 세운 가치는 자기 안에서 불멸한다. 누구와 비교할 것 없이, 남길 것도 없이, 한 생 안에서 오롯이 타오르고 종결되어, 시간에 묻히지 않는다.

저물어가는 거리에 가로등이 하나둘 켜지고 있다.

일 나간 아내가 떠올라 아내의 시를 읽는다.

해골이 이뻐지니

이제, 가벼워지려나 보다

산들바람 분다

1

이곳은 인구 오천여 명이 사는 작은 읍이다. 집 앞에 왕복 육차선 도로가 지나가고, 대문을 나서면 바로 횡단보도다. 횡단보도를 건너면 버스 정류장 옆에 GS 편의점이 있다. 나는 그곳에서 일한다. 밤 열 시부터 아침 여덟 시까지 열 시간, 시급은 육천오백 원이다.

출근 시간 십 분 전에 집을 나왔다. 횡단보도의 신호등은 이 시간엔 점멸로 바뀌어 있다. 도로 좌우를 살피며 천천히 길을 건넜다. 편의점 앞에는 항상 서 있는 택시 한 대뿐, 손님들의 차량은 보이지 않았다. 날이 추워지면서 편의점을 찾는 사람들이 부쩍 줄었다. 한여름에는 늦은 밤에도 가게 앞 노천 테이블에 손님들이 북적거렸다.

편의점에 들어서자 오후 근무자인 남학생이 금고의 시재 계산을 하다가 고개를 들었다. 나는 학생과 눈인사를 나누고 계산이 끝날 때까지 기다렸다.

"시재 맞아요."

학생이 금고를 닫고 계산대에서 물러났다.

"전달사항은 없나요?"

내가 물었다.

"특별한 건 없어요. 호빵은 한 시간 전에 넣었구요."

지난달에 찜통이 들어온 후 호빵의 투입 시간이 교대 전달사항에 추가되었다. 찜통에 넣은 호빵은 팔리지 않은 채 일곱 시간이 지나면 폐기한다.

"알았습니다. 잘 가요."

"네, 수고하세요."

학생이 문을 열고 나갔다.

이제 내일 아침 여덟 시까지 편의점 내의 모든 일이 나의 소관이다.

나는 계산대 안으로 들어가 점퍼를 벗고 유니폼을 입었다. 그러고는 눈으로 매장을 훑으며 잠시 가만히 서 있었다. 근무를 시작할 때의 습관이다. 교대를 마치고 계산대 안에 들어가면 마치 우주선에 탑승한 기분이 든다. 광활한 우주에 혼자 떠 있는 작은 우주. 과장된 상상이지만 편의점에 그런 적막한 이미지가 부여되고 나면 경쾌한 비장감이 가슴에 얹힌다.

나는 등 뒤의 담배 진열대를 점검했다. 근무를 시작하면 가장 먼저 하는 일이다. 진열대 위쪽은 눈으로, 아래쪽 칸은 손으로 더듬어 몇 갑이 남았는지 살폈다. 말보로 골드, 에쎄 프라임, 레종 블루가 한두 개씩만 남아 있다. 나는 진열대 아래 서랍에서 각각 한 보루씩 꺼내 봉지를 뜯어 빈칸을 채웠다.

편의점의 모든 상품은 선입선출을 하도록 되어 있다. 새 것을 뒤에 넣고 기존 진열품은 앞으로 뺀다. 유통기한이 지나기 전에 판매하기 위해서다. 처음에 교육받을 땐 상할 일이 없는 담배도 그럴 필요가 있나 했는데 담배에도 유통기한이 있었다.

담배 점검을 끝낸 후 계산대에서 나와 진열대를 돌았다. 상품이 팔린 빈자리를 체크하여 창고에서 가져와 채우고, 실내와 바깥에 각각 네 개씩 있는 여덟 개의 분리수거함들을 점검하고, 마지막으로 음식물 쓰레기통을 청소했다.

"따뜻한 커피는 없나요?"

창고에서 과자 몇 개를 들고 나오는데 그 사이 들어와 있던 손님이 물었다.

"네, 저쪽에 있습니다."

손님에게 아이스크림 냉장고 위에 있는 소형 온장고를 가리켰다. 알려주면서 보니 온장고에 물건이 많이 비어 있어 손님이 나가고 난 후 온장고를 채웠다.

당연한 일이지만 여름엔 아이스크림이 많이 나가고 겨울엔 따뜻한 음료가 잘 나간다. 비 오는 날에는 우산이 팔리고, 휴가철에는 오래 자리를 지키고 있던 휴대용 세면도구 세트나 콘돔 같은 것들이 팔린다. 출근 시간대에는 담배 손님이 몰린다.

계산대로 돌아와 앉자마자 배송 차량이 도착했다. 품목별로 하루에 세 차례 나누어 갖다 주는 발주 상품이다. 이 시간에 들어오는 건 도시락, 햄버거, 빵이다. 발주 상품까지 정리하고 나자 어느덧 자정이 가까웠다. 유통기한이 오늘 자정부로 돼 있는 물건들을 진열대에서 빼 컴퓨터에 폐기 등록을 하고 워크인 냉장고로 옮겨놓았다.

오늘은 유통기한 지난 물건이 많이 나왔다. 폐기 등록을 마친 것 중에 먹을 만한 게 있으면 먹어도 된다. 폐기 처리되어도 주인이 가져간다며 못 건드리게 하는 편의점도 있다고 하는데 이곳에서는 근무자가 폐기 음식 먹는 것을 허락했다.

나는 삼각김밥을 여기에서 처음 먹어보았다. 일을 시작한 초기에 폐기 등록을 하고 나서 호기심에 뜯었는데 뜯는 방법을 몰라 김이 다 벗겨졌다. 두 번째 것은 설명서를 찬찬히 읽고 김을 온전히 두른 상태로 개봉할 수 있었다. 먹어보니 내 입맛에는 맞지 않았다.

겨울이라 확실히 손님이 줄었다. 출근 후 다녀간 손님이 열 명이 안 되었다. 지금부터는 손님이 뜸해진다. 그래도 세 시까지는 띄엄띄엄이나마 끊이지 않다가, 세 시부터 다섯 시까지 두 시간은 아주 한가하다. 그 후 손님이 다시 늘기 시작하여 출근 시간대인 여섯 시부터 여덟 시까지는 정신없이 바쁘다.

나는 종이컵에 믹스 커피를 타서 밖으로 나왔다. 야외 탁자에 앉아 담배를 꺼내 물었다. 밤새 근무하는 동안 보통 서너 개비를 피운다. 대타로 낮 근무도 몇 번 했는데 낮에는 담배를 피울 시간이 거의 없었다. 담배 문제 아니라도 나에게는 밤 근무가 낮보다 나았다. 밤에는 낮보다 시급이 오백 원 더 많다.

담배를 반쯤 피웠을 때 대기 택시가 움직였다. 그만 들어가려는가 보았다. 택시가 서 있는 저 자리는 이 읍에서 택시가 고정적으로 대기하는 유일한 장소다. 낮에는 세 대가 서 있고, 밤에는 한 대가 대기하다가 한 시경이면 철수한다.

택시가 떠나자 거리는 좀 더 적막해졌다. 택시 승강장 옆 공중전화 부스가 문득 쓸쓸해 보이고, 드문드문 떠 있는 가로등 불빛 아래에서 아스팔트가 메마르게 반짝거렸다. 앙상한 가로수들은 미동도 없이 고요히 서 있었다.

나는 아내가 잠들었을까 생각하며 길 건너 우리 집을 바라보았다. 집에는 아직 불이 켜져 있었다.

택시가 떠난 자리로 긴 트레일러 한 대가 속도를 줄이며 다가왔다. 나는 얼른 담배를 끄고 편의점으로 들어갔다. 계산대 안에 있는 세면대에서 입을 헹구고 기다리고 있자 곧 화물차 기사가 들어왔다.

"어서 오세요."

화물차 기사는 곧장 도시락 진열대로 걸어갔다.

"던힐 라이트 두 갑하고요."

바싹불고기 도시락을 계산대에 내려놓으면서 화물차 기사가 말했다.

"드시고 갈 거지요?"

담배를 건네고 카드를 받아 계산하면서 내가 물었다. 도시락 담아 갈 봉지를 따로 안 주어도 되겠느냐는 뜻이다.

"먹고 갈 거예요."

화물차 기사는 도시락을 들고 전자레인지 있는 곳으로

걸어갔다. 잠시 후 도시락 특유의 들척지근한 냄새가 실내에 번졌다.

화물차 기사가 도시락을 먹고 있을 때 키 큰 청년이 들어섰다. 들어올 때부터 핸드폰을 귀에 대고 있던 청년은 진열대 사이를 여러 번 돌면서 통화를 계속했다.

빠아앙. 밖에서 날카로운 경적 소리가 들렸다. 돌아보니 승용차 한 대가 멈칫 속도를 줄이고 있었다. 밤이면 종종 이 근처를 어슬렁거리는 고양이가 도로 한복판에서 물끄러미 치를 바라보고 있있다.

"정말 그럴 거야?"

청년이 고기 바 두 개와 콜라 캔 하나를 계산대에 내려놓았다.

"자꾸 이러면 나도 내가 약속한 거 장담 못 해."

청년은 바지 주머니에서 지갑을 꺼내 한 손만으로 능숙하게 지갑을 뒤적여 카드 한 장을 꺼냈다.

"지금 막가자는 거지? 알았어. 그럼 나도 꼴리는 대로 할 거니까 누가 후회하는가 보자고."

청년은 계산이 끝난 삼각김밥과 콜라 캔을 점퍼 주머니 양쪽에 각각 집어넣었다.

"손님."

나는 돌아서 가는 청년을 불렀다.

핸드폰을 귀에 댄 채로 청년이 돌아보았다.

"카드 가져가세요."

청년이 계산대로 다시 돌아와 자기 카드를 챙겼다.

"안녕히 가세요."

통화하면서 물건을 고르는 손님들은 시간이 많이 걸린다. 같은 진열대를 여러 번이나 들여다보고 물건을 집었다 놓았다를 반복한다. 지금 나간 청년도 계산대로 오는 시간이 남보다 한참 더 걸렸다.

"안녕히 계세요."

도시락을 다 먹은 화물차 기사가 나가면서 인사했다. 화물차 기사들은 대체로 인사를 잘한다.

"네, 안녕히 가세요."

손님이 열고 나간 문 사이로 찬바람이 들어와 뺨을 스쳤다.

한동안 손님이 들어오지 않았다. 나는 집에서 가져온 책을 꺼내 어제 읽던 페이지를 펼쳤다. 밖에서 탁! 차문 닫히는 소리가 들렸다. 고개를 들어보니 젊은 남녀 둘이 차에서 내려 다가오고 있었다. 나는 책을 옆으로 밀어놓고 일어났다.

"어서 오세요."

"안녕하세요?"

유난히 큰소리로 인사하는 여자의 목소리에 취기가 묻어 있었다. 남녀는 반쯤 부둥켜안은 채 커피 진열대 쪽으로 걸어갔다. 목소리가 커졌다 작아졌다 계속 무언가 이야기를 나누며 두 사람은 한참 동안 각종 커피를 만지작거렸다.

시간이 좀 걸릴 것이다. 나는 다시 책을 펼쳤다.

페르시아 사람 사디는 언젠가 집안 식구들이 깊이 잠들어 있는 동안 밤새도록 자지 않고 코란을 읽었을 때의 일을 이야기했다. 한밤중이 되어 그는 코란에서 눈을 떼고 아버지에게 말했다.

"아무도 기도를 드리고 있는 사람이 없고, 코란에 귀를 기울이는 사람도 없습니다. 모두 죽은 것처럼 깊이 잠들어 있습니다."

그러자 아버지가 말했다.

"너도 어서 가서 자도록 해라. 남에 대해 이러쿵저러쿵할 바에는."

나는 책에 밑줄을 그었다.

연인들이 물건을 가져왔다. 투 플러스 원 컵 커피 세 개, 원 플러스 원 초콜릿 두 개, 양파링 과자 한 봉지. 나는 일어나 물건들의 바코드를 찍었다. 바코드가 찍힐 때마다 POS기에서 여자 목소리가 말했다.

'투 플러스 원에 팝카드 추가 할인 받으세요. 증정품 받거나 어플에 보관하세요.'

나이 많은 손님들은 이게 무슨 말인지 모른다. 나도 예전에는 몰랐다.

남자가 카드를 꺼내자 여자가 자기 지갑에서 얼른 카드 하나를 꺼내 내밀었다.

"이거 해주세요."

할인 카드다. 할인 버튼을 누르고 카드를 긁으니 십 퍼센트, 육백칠십 원이 할인되었다.

"육백칠십 원은 내가 낸 거야."

여자가 남자의 어깨에 매달리며 애교를 부렸다.

연인이 나가고 난 후 나는 다시 책을 펼쳤다.

하느님은 모든 이들을 시험한다. 어떤 사람은 부를 통해, 어떤 사람은 가난을 통해.

나의 시험은 가난이구나.

나는 밑줄을 그었다.

시월 초에 집 안에 난로를 설치하고 연탄 이백 장을 들였다. 십일월 마지막 주인 지금 삼십여 장이 남아 있다. 일주일 안에 떨어질 것이다. 집 안에 보일러가 따로 없어 연탄 난로를 피우지 않으면 바로 냉골이 된다. 이번 주 안에 연탄을 더 들여야 하는데, 밀린 공과금부터 처리할지 연탄을 먼저 들일지 생각 중이다. 당분간 계속 춥다고 하니 공과금이 한 달 더 연체되더라도 연탄부디 들여야 할 것이다. 다른 건 몰라도 전기료는 석 달이 연체되면 끊어지므로 다음 달에는 꼭 내야 한다.

두런거리는 말소리에 책에서 눈을 들어 밖을 보았다. 청년 두 명이 힐끔힐끔 도로를 바라보며 서성거리고 있었다.

곧 청년들 중 하나가 문을 열고 들어왔다.

"저기요, 택시 불러줄 수 있나요?"

"일반 택시는 들어갔고요, 콜택시 번호 알려드릴까요?"

"아, 네."

나는 전화기 아래에서 메모지를 꺼내 콜택시 번호를 불러주었다. 이런 경우가 많아 적어둔 번호다. 번호를 듣고 나가던 청년이 다시 돌아서서 만 원 지폐를 꺼냈다.

"프렌치 요고 하나요."

말하고 나서 청년은 문을 열고 밖에다 "야, 너 무슨 담배 피우지?" 하고 물었다. "던힐 라이트" 하는 소리를 들으며 나는 담배 진열대에서 미리 감청색의 던힐 육 밀리를 꺼냈다.

담배 주문 받는 일이 처음엔 은근히 어려웠다. 담배 종류가 워낙 많은 데다 손님이 부르는 이름도 제각각이었다. '더원 오렌지'가 공식 이름이라면 '원 오렌지' '더원 영 점 오' '원 영 점 오 밀리'로 다양하게 부른다. 그냥 "더원 주세요" 하고만 말하면 몇 밀리인지 물어보아야 한다. 발음도 입안에서 대충 굴리고 말아 한 번에 알아듣기 어렵다. "시원하죠" 해서 "네" 하고 대답했더니 '수 하나 줘요'이고, "환불하나요?" 해서 무얼 환불해달라는가 했더니 '더원 블루 하나요'라는 말이고, "더 날라요" 해서 뭘 나르라는 건가 했더니 '던힐 라이트요' 하는 말이었다.

지금은 없어진 '라이트'라는 말을 쓰는 사람도 여전히 많다. 에쎄 라이트는 에쎄 프라임, 팔리아멘트 라이트는 아쿠아 오 밀리, 말보로 라이트는 말보로 골드, 던힐 라이트는 던힐 육 밀리를 말한다. 아름이 아예 바뀐 메비우스는 아직 마일드세븐이라는 옛 이름을 쓰는 사람이 더 많다. 심플 클래식을 '심플 허연 거', 에쎄 골든리프를 '육천 원짜리 까만

거'라 말하기도 한다. 디스 아프리카의 '몰라'와 '룰라'는 정확히 구별하기 어려웠는데 지금은 거의 알아듣는다.

　의자에 앉아 깜박 졸았다.

　딩동. 문에 달린 차임벨 소리에 반사적으로 고개를 들었다.

　"어서 오세요" 하면서 나는 얼른 일어났다.

　"아저씨, 여기 돈 빼는 데 어디예요?"

　눈이 게슴츠레 풀려 있는 남자가 히죽히죽 웃으며 물었다. 나는 가게 안쪽에 있는 현금인출기를 손짓으로 알려주었다. "고맙십니다아." 남자는 질척하게 말을 늘이며 휘청휘청 현금인출기 쪽으로 걸어갔다.

　시계를 보니 세 시 이십 분이었다. 나는 두 팔을 올리며 크게 기지개를 켰다. 십 분 정도의 토막잠이었지만 피로가 조금 풀렸다.

　처음에 일할 때는 졸다가 차임벨 소리에 급히 눈을 뜰 때면 온몸에 쩌르르! 불쾌한 기운이 올라왔다. 잠에서 깨고 싶지 않다는 몸의 저항이었다. 사오 초의 짧은 순간이지만 그때의 퀭한 무기력감은 다시 경험하고 싶지 않게 강렬했다. 그래서 손님이 끊어진 시간에도 어지간하면 졸음을 견디며 눈을 붙이지 않으려 했다. 하지만 두 달쯤 지나자 익숙해졌다.

"왜 이래, 고장인가……."

현금인출기 앞에서 남자가 중얼거렸다. 만취해 있어 작동을 제대로 못 하는 것 같았다. 가서 도와줄까 하다가 조금 더 지켜보기로 했다. 그 사이에 다른 남자 손님이 들어왔다. 장대하다고 느껴질 만큼 몸집이 큰 남자였다. 키가 백구십 정도에 배가 불룩하게 나와 있었다.

장대한 남자는 도시락과 김밥류가 있는 진열대로 곧장 걸어가 등심돈가스 도시락을 골라 왔다. 계산이 끝나자 남자는 도시락을 들고 전자레인지 쪽으로 갔다.

"어유, 덩치가 아주 크네……."

그를 본 취한 남자가 혼잣말로 주절거렸다.

"말조심해요."

장대한 남자가 나지막이 받아쳤다.

얼마 후 장대한 남자가 전자레인지에서 도시락을 꺼내는데 취한 남자가 비틀거리며 그에게 다가갔다.

"아저씨, 기분 나빠요? 내가 나쁜 말 한 거 아니잖아요?"

장대한 남자는 대꾸 없이 도시락을 먹었다.

"덩치 크다는 말이 나쁜 말은 아니잖아요. 그냥 덩치 크다는 건데, 그게 뭐 나쁜 말이에요? 예, 아저씨?"

"말조심하라고 분명히 말했어요."

장대한 남자의 목소리가 사나워졌다. 금방이라도 폭발할 것 같은 기색이었다.

"아니 대체 왜 그러느냐구요? 덩치 크다는 말이 나쁜 말 아니잖아요. 그 말이 나쁜 말이에요? 예? 나쁜 말이에요?"

탁, 장대한 남자가 나무젓가락을 탁자에 내려놓았다.

"경고했어요. 말조심해요."

상대의 태도가 심상찮다고 느꼈는지 취한 남자는 더 이상 말을 걸지 않았다.

얼마 후 장대한 남자가 다 먹은 도시락을 쓰레기통에 버리고 일어났다. 좀 급하게 먹은 것 같았다. 그가 나가고 나자 술 취한 남자도 현금인출기에서 물러나 계산대로 왔다. 출금에 성공했는지 어떤지는 알 수 없었다.

"아저씨, 덩치 크다는 말이 나쁜 말이에요?"

취한 남자가 나에게 물었다.

"모르겠습니다."

나는 부드럽게 대답했다. 취한 남자는 알아들을 수 없는 말로 구시렁거리며 편의점을 나갔다.

나는 찌뿌드드한 몸을 풀 겸 매장 안을 걸었다. 걷다가 진열대에 결품이 된 자리가 눈에 띄면 창고에서 물건을 꺼내와 채웠다. 걷고 난 후에는 바닥에 엎드려 팔굽혀펴기 삼십 개를 했다. 나는 근무 중에 팔굽혀펴기를 백오십 개씩 한다.

새벽 네 시 반. 가장 고요한 시간이다.

여기에서 일하기 전에는 이 가게가 장사가 안 되는 곳인 줄 알았다. 버스가 다니는 큰길이지만 동네 중심에서 벗어난 외곽이고 일반 행인도 많지 않다. 게다가 동네 안쪽에 슈퍼와 마트가 몇 개나 있어 그곳들이 문 닫는 심야가 아니라면 굳이 큰길까지 나올 이유가 없어 보였다. 그런데 일해보니 장사가 꽤 잘되는 곳이다. 가게 앞에 있는 버스 정류장이 큰 몫을 한다. 출퇴근 시간은 말할 것 없고 어쨌거나 사람들은 이곳을 통해 동네를 출입하게 돼 있다. 동네로 들어오고 나갈 때 무언가 살 게 있으면 여기에 들르게 된다.

가장 큰 장점은 가게 앞 국도로 화물차가 수없이 오간다는 것이다. 이 마을 근처에 우리나라 삼대 시멘트 회사의 공장들이 있어 각종 화물차가 끊임없이 드나든다. 게다가 인근 J시에서 이곳까지 이십여 킬로는 황량한 들판이다. 차를 몰고 가던 사람들이 이 지역을 지나가다 필요한 것이 생기면 여기에 차를 세우게 돼 있다.

이 편의점에서 일한 지 이십 개월째다. 처음 일 시작할 때

전임자인 아주머니와 이틀 밤을 함께 근무하며 신입 교육을 받았다. 다른 건 어려울 게 없는데 POS기로 하는 일이 많아 단기간에 숙지하느라 애를 먹었다. 이틀을 아주머니와 함께 근무한 후 혼자 할 수 있을 것 같다고 하자 자기는 일주일을 교육받고도 자신 없었다면서 나를 칭찬했다.

막상 혼자 계산대에 섰을 때는 들어오는 손님마다 실기 면접이라도 치르는 듯 긴장되었다. 교육받았던 것들을 집에서 여러 번 가상 손님을 상대로 시뮬레이션 해보았는데도 실제 손님이 앞에 서자 POS기 버튼이 눈에 들어오지 않았다. 또 교육받을 때는 경험하지 못한 주문 요청이 들어와 당황스럽게 했다. 처음 보는 급식 카드를 내민다거나, 결제 처리가 끝난 상품을 한두 개만 바꾸겠다거나, 현금을 일부만 내면서 나머지는 카드로 해달라거나 하는 등의 일이었다.

지금은 각종 적립과 할인 처리, 교통카드 충전, 택배 접수, 복권 당첨 조회, 각종 게임머니 충전, 다양한 유형의 환불과 반품 등 거의 모든 일을 일사불란하게 처리한다. 그러나 아직도 가끔 처리하지 못하는 일들이 있다. 손님의 요구가 다양한 데다 POS기 기능이 워낙 많아서다.

나는 실내 환기를 시키려고 문을 열어놓고 잠깐 밖으로

나왔다. 앙상하게 벗은 가로수 나뭇가지 사이로 반달이 종이 연처럼 걸려 있었다. 인적 없는 거리에 간헐적으로 차량이 빠르게 달려갔다. 그때마다 도로에 흩어져 있던 마른 낙엽들이 포르르 날아올랐다. 횡단보도에는 황색 점멸등이 밤바다의 등대처럼 고적하게 깜빡거렸다.

주택가 뒤쪽의 산을 바라보았다. 산과 하늘이 경계 없이 캄캄했다. 동트기 시작할 때면 산과 하늘의 어둠이 엷게 분리되면서 풀린 털실처럼 구불구불 이어진 능선이 어슴푸레 드러난다. 능선이 보이려면 한 시간쯤 더 있어야 할 것이다.

편의점 앞에 있는 야외 의자에 앉았다. 엉덩이가 서늘했다. 나는 가슴을 펴고 찬바람을 깊이 들이마셨다. 추억의 잔상들이 가슴을 아련하게 휘감아오는 이런 쌀쌀함이 나는 좋다.

도로 건너편 어둠 속에서 자전거를 탄 남자가 건너왔다. 남자는 편의점 앞길을 천천히 지나가 철물점이 있는 골목으로 사라졌다. 이 시간대에 보게 되는 몇 사람들 중 한 명이다.

얼마 후 이번엔 가게 위쪽에서 한 남자가 걸어 내려왔다. 남자는 조금 작아 보이는 점퍼를 몸에 짝 달라붙게 입고 땅바닥만 내려다보며 저벅저벅 걸었다. 한때 동네를 주름잡은 건달이었다고 이곳 토박이인 전직 군의원에게 들었다. 남자는 지금 지업사인 자기 가게의 문을 열러 나가는 길이다.

지업사 사장이 사라진 길에서 또 한 남자가 걸어왔다. 인력사무소에 나가는 남자다. 남자는 등에 작은 배낭을 메고 있다. 때에 전 점퍼에 좀 헐렁해 보이는 면바지, 원래 색깔을 전혀 알아볼 수 없게 색이 바랜 가죽 작업화 차림이 언제 보아도 똑같다.

남자는 몸을 그림자처럼 접으며 정류장의 긴 나무 의자에 앉았다. 그리고 기도라도 하듯 두 손을 맞잡은 채 허리를 깊이 숙였다. 첫차가 오려면 한 시간 정도 더 있어야 한다. 그런데도 남자는 늘 이 시간에 나와 버스가 올 때까지 우두커니 앉아 있다. 언젠가 한번 남자에게 편의점 안에서 기다리라고 권했다. 남자는 괜찮다고 했다. 물건은 안 사도 된다고 하자 정류장에 있는 것이 더 편하다고 했다. 나는 더 권하지 않았다.

찜통을 살피니 단팥호빵 한 개와 피자호빵 두 개가 남아 있었다. 찜통의 전원을 끈 다음 호빵 세 개를 꺼내 POS기에 폐기 등록했다.

시재를 맞춰볼 시간이다. 첫 버스가 지나가는 시간부터

는 바빠지므로 보통 이 시간에 간밤의 매출을 중간 점검한다. 시재 화면을 띄워 현금통에 있는 오만 원 지폐부터 십 원짜리 동전까지 일일이 개수를 세어 입력하면 판매 기록과 비교하여 플러스마이너스가 계산된다. 물론 제로로 떨어져야 실수가 없는 게 된다.

근무 초기에는 거의 매일 시재가 마이너스였다. 적게는 몇백 원, 많을 땐 이삼만 원까지 차이가 났다. 일주일 정도는 점장이 넘어가주었다. 하지만 그다음부터는 변상해야만 했다. 밤새 일하고 나서 돈을 채워 넣을 때면 맥이 좀 풀렸다.

시재 점검 화면의 마지막 버튼에서 잠깐 손을 멈춘다. 초기만큼은 아니지만 지금도 시재가 확인되기 직전에는 본능적으로 긴장한다. 버튼을 눌렀다. 제로다. 성공.

이제 아침을 준비할 시간이다. 나는 계산대 서랍에서 나무 막대기가 달린 화장실 열쇠를 꺼내 편의점을 나왔다. 건물 일층과 이층 사이 계단 중간에 화장실이 있다. 나는 열쇠로 화장실 문을 열어놓고 계산대로 돌아왔다.

종종 화장실을 찾는 사람들이 있다. 손님도 있고 지나가던 사람도 있다. 편의점에서 화장실을 찾을 정도면 급한 사람들이다. 화장실 위치를 알려주며 열쇠를 건네면 "고맙습니다" 하고 거의 감격에 찬 목소리로 인사한다. 그런데 가끔 열쇠를 돌려주지 않고 가버리는 사람들이 있다. 서둘러 가던 길을 가느라 돌려주는 걸 잊은 것이다.

아무려나 그렇게 분실하고 나면 열쇠를 새로 만드느라 돈이 들어가고, 제때 만들지 못하면 화장실을 눈앞에 두고도 며칠간 불편을 감수해야만 한다. 그래서 출근 시간에는 아예 화장실을 열어두었다. 열쇠 돌려주는 것을 잊는 사람들은 대개 그 시간대에 오는 사람들이다.

편의점 사장과 건물주는 손님에게 화장실을 알려주지 말라고 했다. 사장은 열쇠를 새로 만드는 경비와 번거로움 때문에, 건물주는 불특정 다수가 사용함으로써 생기는 지저분함과 물 소모 때문이다.

하지만 종종거리며 화장실을 묻는 사람들을 외면하기가 어려웠다. 화장실이 없다는 대답은 말이 안 된다. 당신은 어디에서 일을 보느냐고 물으면 할 말이 없다.

실제로 언젠가 나 자신이 그런 경험을 한 적이 있다. 길을 가다가 너무 급해서 근처 편의점에 들어가 화장실을 찾았더니 없다고 했다. 당신은 어디에서 일을 보느냐고 묻자 "대충 아무 데서나 해결한다"고 했다. 나는 그런 식으로 대답할 자신이 없다.

갑자기 허기가 밀려왔다. 폐기 도시락이 있지만 손님이 몰려들 시간이 가까웠다. 나는 폐기 우유를 마시며 담배 진열대에 부족한 곳이 있나 체크했다. 많이 나가지 않는 메비우스 엘에스에스 삼 밀리가 두 갑만 남아 있어 채울까 말까 잠깐 갈등하다 채워넣었다.

여섯 시 십 분. 밖은 여전히 어둑하다. 초가을까지만 해도 이때쯤이면 여명이 시작되었다. 동지가 될 때까지 밤은 더 길어질 것이다.

"시즌 두 갑이요."

양복 차림의 남자가 계산대 쪽으로 말을 던지며 유제품이 진열된 곳으로 급하게 걸어갔다. 곧이어 교복을 입은 남학생이 문 앞에서부터 교통카드와 만 원 지폐를 꺼내들며 버스 올 시간이니 빨리 충전해달라고 했다.

시작이다. 앞으로 두 시간은 화장실 갈 틈도 없다.

*

알람 소리를 들으며 눈을 떴다.

나는 침대에 누운 채 아내가 가르쳐준 동작으로 오 분 정도 스트레칭을 하고 몸을 일으켰다. 그리고 욕실로 가 세수를 하고, 물을 한 잔 마시고, 아내가 꼭 먹으라고 한 견과류 몇 알을 먹고, 마당에 나가 하늘을 올려다보며 몸에 닿는 햇빛과 바람을 느꼈다.

아침 여덟 시에 점장과 교대를 하고 집에 오면 우선 연탄을 간다. 그다음 아내가 현관에 내놓은 음식물 쓰레기를 갖다 버린다. 그런 후 일기를 쓰고 나면 아홉 시쯤 된다. 별일 없으면 그때 잠자리에 들고, 은행이나 관공서 업무 등 주간에 처리해야 할 일이 있으면 일을 보고 나서 취침한다. 아홉 시에 잠들 때는 오후 네 시, 일을 보고 잘 때는 늦은 시간만큼 더해서 알람을 맞춘다. 몇 시에 일어나든 아내는 집에 없다.

아내는 나처럼 편의점에서 일한다. 우리 집 대문 앞에서 횡단보도를 건너지 않고 아래쪽으로 조금 내려가면 CU 편의점이 있다. 아내는 오후 세 시부터 열한 시까지 일하는데 시급은 오천칠백 원이다.

나는 주방으로 가서 밥을 차렸다. 아내가 해놓고 간 근대 된장국을 가스레인지에 올리고, 국이 데워지는 동안 전기밥솥에서 밥을 푸고, 냉장고에서 김치와 멸치볶음과 미역무침을 꺼냈다. 그리고 달걀 하나를 부쳤다.

식탁에 앉아 책을 펼쳐놓고 밥을 먹는다. 밥을 먹고 나서는 곧바로 설거지를 한다. 그리고 다용도실에서 진공청소기를 가져와 청소를 하고 식탁에 앉아 담배를 피운다.

건강을 염려하며 아내가 언젠가 말했다.

"우리 이제 담배를 끊는 게 어때요? 오래 피웠잖아요."

"응, 그래야지."

하지만 나는 담배를 끊지 않았다. 사실은 별로 끊을 생각이 없다. 만약 끊게 된다면 건강보다는 돈 때문일 것이다.

건강 문제라면 내가 통제할 수 없는 자동차 매연과 황사가 더 위험하다고 생각한다. 뿐인가, 이삼 년에 한 번씩 몇백만 마리씩 살처분되는 가축들의 사체, 시멘트와 페인트와 방향제와 전자파와 과자 봉지와 구두약과 샴푸와 또 무엇무엇 무엇들. 매일 숨 쉬며 접하는 그것들보다 담배 하나가 특별히 더 치명적이라고 나는 생각하지 않는다.

담배보다는 빙판길의 바나나 껍질 하나가 더 순식간에 더 무작위적으로 생명을 위협한다. 함부로 뱉은 욕 한마디가 누군가의 심기를 어지럽히며 세상을 돌아다닐 때 담배 연기보다 더 육체에 위해로 돌아온다. 그것이 내가 믿는 인과의 법칙이다.

나는 담배 한 개비를 느긋이 다 피웠다. 그리고 마당으로 나갔다. 하늘은 석양이 내려앉느라 은은히 붉은 기운이 감돌고 있었다.

　아내가 햇볕을 쪼이려 내다놓은 것들을 거둘 시간이다. 건조대에는 빨래가 있고, 평상에는 도마, 비누와 칫솔, 싱크대 선반이 있고, 왼쪽 담장을 따라 매놓은 빨랫줄에는 수세미 두 개와 행주 세 개가 걸려 있었다. 나는 거둔 것들을 하나하나 제자리에 갖다 놓았다. 그리고 수북한 빨래들을 찬찬히 개어서 서랍에 차곡차곡 집어넣었다.

　나는 다시 마당으로 나갔다. 앞으로 더 추워질 것이다. 며칠 전에 추려놓은 헌옷을 수도계량기 안에 빈틈없이 채웠다. 그러고는 철물점에서 이중 비닐을 사와 연탄광에 비막이 비닐을 씌웠다. 연탄광에 문이 없어 비가 오면 연탄이 젖는다.

　어느덧 석양이 넘어가고 있다. 먼 곳에서부터 희미하게 땅거미가 밀려왔다. 어둠과 밝음이 느슨하게 얽힌 시간, 거리의 행인들이 모두 오랜 여행에서 막 돌아온 사람처럼 애잔하게 보이는 시간이다. 결코 자기 모습을 보이지 않는 양자역학의 소립자처럼, 이 시간에는 어둠을 보려 하면 밝음이 보이고 밝음을 보려 하면 어둠이 보인다. 그리고, 먼 곳에 귀기울여보라고 속삭이는 목소리가 어디에선가 들린다.

　나는 점퍼를 입고 집을 나섰다. 아내가 일하는 편의점으

로 걸었다. 편의점 문을 열자 계산대에 앉아 있던 아내가 빙
그레 웃었다.

"왜 나와요, 좀 쉬지."

"당신 보는 게 쉬는 거야."

"근댓국 먹었어요?"

"응."

"맛은요?"

"기절하게 맛있었어."

"치매 걸리면 간을 못 맞춘대요. 맛이 조금이라도 이상하
면 말해줘야 돼요."

"맛이 점점 좋아지면 무슨 현상일까?"

"당신이 치매 걸린 거지요."

아내와 나는 마주 보며 웃었다.

"내가 보고 있을 테니까 담배 한 대 피워."

"네."

아내가 담배와 라이터를 들고 편의점 뒷마당으로 갔다.

나는 아내 대신 계산대 안으로 들어갔다.

여기는 아내의 우주선이다.

나는 의자에 느긋이 기대앉았다.

나는 작년에 환갑이었다. 두 살 차이인 아내는 내년이 환

갑이다.

뒷마당에 나가 있는 아내를 보았다. 아내는 담배를 피우며 먼 곳을 바라보고 있다. 아내의 눈길을 따라가자 감청색 서녘 하늘에 샛별 하나가 보였다. 내 앞에서 늙어온 사람…….

나는 계산대에서 나와 진열대를 돌아다니며 물건 채워지지 않은 곳이 있는지 살폈다. 없었다. 아내는 빈틈없이 성실하다. 주인조차 무심한 온갖 자잘한 일에도 최선을 다한다. 바닥은 늘 깨끗하고 진열대에 먼지가 앉은 걸 본 적이 없다. 손님에게는 그지없이 상냥하다. 내가 어떤 가게를 차려 직원을 구한다면 아내 같은 사람을 쓸 것이다.

봉걸레로 바닥을 닦고 있을 때 아내가 돌아왔다. 아내는 손을 씻고 양치질을 한 다음 내가 들고 있던 봉걸레를 뺏었다.

"그만 들어가요."

"왔는데 좀 도와야지."

"당신이 쉬는 게 도와주는 거예요."

"맨날 그러네."

나는 아내의 채근에 봉걸레를 건네고 편의점을 나왔다.

집에 돌아와 연탄을 갈았다. 한꺼번에 두 장을 올리면 열두 시간 가므로 내일 아침 퇴근하여 갈면 된다. 연탄을 갈고 나서 쌀을 씻어 전기밥솥에 안쳤다. 열한 시에 퇴근한 아내가 먹을 밥이다. 문득 아내가 며칠 전에 칼이 안 든다고 말한 것이 기억났다. 나는 싱크대 아래에서 숫돌을 꺼내 부엌칼 두 개와 과도 한 개를 갈았다.

아내와 함께 식탁에 앉는 건 일주일에 한 번 쉬는 날뿐이다. 아내와 함께 밥을 먹을 때면 우리는 각자 겪은 한 주간의 편의점 이야기를 나눈다. 늘 비슷한 손님들이고 유별난 일은 없지만 이야기를 하고 있으면 재미있다. 나는 아내에게 들려줄 이번 주의 이야기를 벌써 몇 개 준비해두었다.

아홉 시 반이다. 이제 한 시간 남짓 있으면 아내가 돌아올 것이다. 나는 그 전에 출근 준비를 해야 한다.

치매 걸리면 간을 못 맞춘대요. 맛이 조금이라도 이상하면 말해줘야 돼요.

아까 아내가 한 말이 떠올랐다.

농담으로 한 말이겠지만 가슴이 철렁했다. 그날 밤이 생각났다. 이곳에 이사 오기 전의 일이다.

*

어두운 방 안에 나는 몇 시간째 혼자 앉아 있었다. 초저

녁부터 바람이 거셌다. 푸득 푸드득. 창문에 댄 방한용 비닐
이 쉼 없이 펄럭거렸다.

어쩌다 이렇게 됐을까?

나는 고개를 떨어뜨린 채 깊이 한숨을 내쉬었다.

온갖 궁리를 해보았지만 먹고 살길이 막막했다.

이게 무슨 꼴인가.

평생 돈 버는 일이 너무 어려웠다. 아니, 돈을 벌어야겠다
고 애쓴 적이 없었다. 결국 이렇게 되고 말았다고, 나는 눈
을 질끈 감았다.

노부부가 생활고를 비관하여 동반 자살했다는 기사를
본 것이 생각났다. 죽자는 말을 어느 쪽이 먼저 꺼냈을까?
뭐라고 상대를 설득했을까?

돌에 눌린 듯 가슴이 답답했다. 어으으으. 입에서 저절
로 신음 소리가 나왔다. 아랫배가 참을 수 없이 시렸다. 몸
안에 얼음주머니라도 하나 들어가 있는 것 같았다. 나는 두
팔로 어깨를 감싸며 죽은 새우처럼 허리를 말아 방바닥에
몸을 누였다.

아내가 밥 먹는 걸 바라보던 며칠 전 밤이 생각났다. 생전
그런 시간에 밥 먹는 적 없던 아내가 혼자 한술 뜨겠다더니
물에 말아 김치 하나로 밥을 먹었다. 이 사람은 꿈이 뭐였을

까? 물끄러미 아내를 바라보면서 그날 처음으로 아내의 꿈을 생각했다.

부디 이 사람 몸을 지켜다오.

아내의 입으로 넘어가는 밥과 물과 김치에게 나는 간절하게 말했다. 그렇게 애달픈 감정은 처음이었다.

창문의 비닐이 파닥파닥 진저리를 쳤다. 그 소리가 집 안을 더 춥게 만드는 것 같았다. 내가 저 상태로 작업을 마쳤을 때 아내는 비닐자락 마감을 잘 해달라고 부탁했다. 이만하면 됐다고 나는 무시했다. 무슨 일이든 내가 단호하게 손을 놓으면 아내는 더 채근하지 않았다.

아내가 있는 건넌방에서는 아무 소리도 나지 않았다. 집 안 전체가 질식할 것처럼 조용했다. 이대로 잠들면 안 되는데, 하면서 나는 잠 속으로 빠져들었다.

나지막이 방바닥을 울리며 다가오는 소리를 들었다. 언제 어디에서 들어도 이 발걸음을 알 것이다. 아내는 또박또박 걷는다.

부스스 눈을 비비며 고개를 들자 아내의 손에 들린 생활 정보지가 보였다.

"우리, 슈퍼 해볼래요?"

아내의 표정이 상기되어 있었다.

"슈퍼?"

"먹고살 수는 있을 것 같아요."

"먹고사니까들 하겠지. 근데 무슨 돈으로?"

"작은 슈퍼는 우리가 가진 돈으로도 시작할 수 있겠더라고요. 한번 봐요."

아내가 생활정보지를 건넸다. 나는 아내가 펼쳐 보여준 상가 임대 페이지를 잠이 덜 깬 몽롱한 눈으로 바라보았다. 임대 광고 몇 곳에 볼펜으로 동그라미가 그려져 있었다.

나는 동그라미 안의 광고들을 읽었다.

⊙ 은대극장 근처 두문슈퍼 10평 보300 월25 시권 상담
  후 결정

⊙ 슈퍼 하실 분 13평 방2 살림 가능 보700 월50 물건값
  1200만 원(조정 가능)

⊙ 대로변 개인 편의점 보1000 월45 권리금(물건값 포함)
  상담 후 결정. 꼭 하실 분만 연락 바람

고개를 들자 아내가 빤히 눈을 맞춰왔다. 나는 아무 말 없이 정보지로 다시 눈을 돌렸다. 그리고 생각해보았다.

지금 사는 집에 사천오백만 원 전세로 있다. 여기저기 빚이 많아 그 사천오백조차 재산이라 할 순 없지만 다행히 친지들에게 빌린 것이라 당장 갚지 않아도 된다. 전세금을 빼옮기기로 하면 광고 중의 어느 가게든 인수할 수 있다. 가게에서 살림만 가능하다면 살아갈 수 있다.

"이 가게들 수입은 어떻게 된대?"

"와서 보고 얘기하자면서 수입은 잘 말해주지 않는데, 한 군데는 하루 매상이 이십만 원 정도 된대요."

"그중에 얼마가 남는 건데?"

"평균 이십 프로 잡는대요."

머릿속으로 빠르게 계산이 돌아갔다. 이십만 원 매상에 이십 프로면 하루 사만 원. 사만 곱하기 삼십 일이면 한 달에 백이십만 원. 거기에서 월세와 전기세 등 필수 경비를 제하면 월 순수익 육십에서 칠십만 원쯤 될 것이다. 슈퍼는 대개 해 뜨자마자 문 열어 자정 가까이까지 한다. 여덟 시에 문 열어 열두 시에 닫으면 열여섯 시간이다. 두 사람이 하루에 꼬박 열여섯 시간을 매달려 버는 돈으로는 실망스러운 수입이다.

"자세한 건 가게를 보면서 직접 듣는 게 좋아요."

내 생각을 안다는 듯 아내가 말했다.

"가보자."

내 말에 아내가 주머니에서 무언가를 꺼냈다. 반듯하게 두 번 접힌 십육 절지 흰 종이였다.

"슈퍼 얻을 때 주의할 점이래요. 가보기 전에 미리 읽으면 도움이 될 거예요. 그리고 담배포를 인수하는 게 중요하대요. 담배포는 면허가 있어야 할 수 있는 건데, 담배포 면허는 가게가 아니라 개인에게 주는 것이라 슈퍼를 인수하면 우리 명의로 다시 신청해야 하나 봐요. 근데 그게 잘 안 돼서 담배포도 없이 슈퍼만 인수하고 난감해하는 사례가 많이 있더라고요."

슈퍼에 담배포가 중요하다는 이야기는 나도 어디에선가 들은 적이 있었다. 담배 매출이 슈퍼 전체 수입에서 차지하는 비중이 꽤 되는가 보았다. 그게 아니라도 슈퍼는 역시 담배포가 있어야 사람들이 자주 드나들고 덩달아 다른 물건도 팔릴 테니 아내 말대로 중요할 것이다.

"담배포 문제는 내가 알아볼게."

아내가 돌아간 후 나는 컴퓨터를 켜 슈퍼에 대해 검색했다. 두 시간 남짓 검색하자 슈퍼의 수익 구조와 일반적인 운영 실태에 대해 대강 감이 잡혔다. 슈퍼 규모는 대여섯 평의 구멍가게 수준부터 오십 평이 넘는 곳까지 다양했다. 아내와 통화한 가게에서 말했다는 하루 매상 이십만 원은 슈퍼 수입으로는 가장 낮은 축에 속했다. 그것도 가게를 내놓은 사람이 자기 입으로 한 말이니 더 아래일 수도 있다.

어쨌거나 지금 우리 형편에 얻을 수 있는 가게란 그 정도 였다. 월 육십에서 칠십만 원이면 참 빈약한 수입이다. 하지 만 이건 행운이었다. 영락없이 굶어 죽는가 보다 했는데 기 적처럼 슈퍼가 나타났다. 둘이서 열심히만 일하면 어쨌거나 먹고살 수는 있다.

나는 아내가 주고 간 '슈퍼 인수 시 주의할 점'을 펼쳤다.

다음 날 아내와 함께 슈퍼를 둘러보기 위해 집을 나섰다. 아내는 그동안 생활정보지를 더 뒤져 현재 가진 돈으로 인 수 가능한 슈퍼를 총 다섯 개로 정리해놓았다.

"주의할 점 읽어봤어요?"

버스 안에서 아내가 물었다.

"응."

주의사항은 모두 열두 가지였다. 굳이 일러주지 않아도 생각했을 상식적인 것도 있고, 그렇겠구나 하고 고개가 끄 덕여지는 것도 있었다. 하루 매상이 얼마인지는 꼭 물어봐 야 하고, 가능하면 매상 장부를 직접 확인하라는 말도 있었다. 그건 어떻게 해야 할지 모르겠다. 남의 장부를 보자고 하는 건 실례가 아닌가 싶기도 하고, 가게를 내놨다면 당연히 보여줘야 할 것 같기도 했다.

우리가 처음 찾아간 곳은 보증금이 가장 싼 곳이었다. 버스에서 내려 전화로 들은 대로 어느 비탈진 길을 한참 올라가자 인도보다 낮은 위치에 작은 슈퍼가 보였다. 가게는 어딘지 웅크리고 있다는 느낌이었다. 산동네라고 다 그렇진 않은데 이 지역은 유난히 황량하고 어수선해서 꼭 우범지대의 방범초소 같았다.

슈퍼 앞에 서자 기분이 묘했다. 여기에서 과자와 라면 등을 팔고 있을 내 모습이 선뜻 그려지지 않았다. 담배라도 한 대 피우고 싶은데 아내는 벌써 문을 열고 있었다. 나는 얼른 아내를 따라 들어갔다. 계산대 뒤에 앉아 있던 주인 여자가 엉거주춤 몸을 일으켰다.

"아침에 통화한 사람입니다."

나는 정중한 태도로 인사했다.

"아! 어서 오세요."

주인 여자가 반갑게 맞는 것에 나는 괜히 어색해졌다. 슈퍼라는 데를 처음 들어와 보는 것처럼 나는 눈길을 어디에 두어야 할지 몰랐다.

"좀 돌아보겠습니다."

나는 가볍게 고개를 숙여 보이고 가게 안쪽으로 들어갔다. 진열대를 돌며 주인에게 물어봐야 할 말들을 생각하는데 '주의할 점'에서 읽었던 글들이 하나도 떠오르지 않았다.

"왜 그만두시는 거예요?"

내가 아이스크림 박스를 들여다보고 있을 때 아내가 주인 여자에게 물었다.

"이젠 좀 힘이 드네요. 애들도 그만하라고 하고……."

우리와 비슷한 나이로 보이는 주인 여자는 자기 말처럼 지쳐 보였다. 가게 들어서면서 처음 보았을 때부터 여자의 얼굴에는 그늘진 고단함이 가득했다.

"올해로 구 년째예요. 애들 아빠 죽고 시작한 거였거든요. 처음에는……."

주인 여자가 띄엄띄엄 자기 사연을 털어놓았다. 처음엔 남의 이야기하듯 목소리에 감정이 없더니 차츰 한숨도 섞이고 푸념도 많아지면서 말이 길게 이어졌다. 아내는 연신 고개를 끄덕이며 여자의 말을 들었다.

"어때요? 물건들은 좀 살펴봤어요?"

슈퍼에서 나온 후에 아내가 나에게 물었다.

"응."

사실은 어떤 물건들이 있었는지 전혀 체크하지 못했다. 슈퍼에 들어서는 순간부터 나의 머리는 하얗게 비워졌다. '주의할 점'에서 읽은, 상품의 진열 상태와 유통기한을 꼭 파악해야 된다는 말이 슈퍼를 나올 때에야 뒤늦게 생각났다.

두 번째 찾아간 곳은 한적한 신흥 주택가의 이층집이었다. 우리보다 열 살쯤 아래로 보이는 부부가 주인이었는데, 육 개월 전에 이 집을 사서 이층에는 살림집을 내고 일층에 슈퍼를 차렸다고 한다. 알루미늄 진열대와 음료 냉장고 같은 것들이 모두 새것이었디.

"근데 왜 벌써 그만두시려고요?"

이번에는 내가 물었다.

"그게 참…… 우리도 이렇게 넘기면 손해가 많은데요, 애초에 생각을 좀 잘못한 것 같아요."

주인 남자가 담배를 꺼내다가 도로 집어넣었다.

"어떤 생각을요?"

남편은 택시를 운전하고 아내는 화장품 방문판매를 했었다고 한다. 그동안 모은 돈으로 이제는 좀 편히 장사하고 싶어 슈퍼를 차렸는데 생각과 다르더란다. 둘이 각각 벌 때보다 수입이 적은 건 그렇다 치더라도 늘 밖으로 돌아다니다가 가게에만 매여 있으니 이게 생각보다 아주 큰 고역이란

다. 게다가 부부가 처음으로 이십사 시간 내내 붙어 있다 보
니 부부 싸움이 잦아졌다고 한다. 조금 전에도 다투고 있었
다면서 주인 남자는 씁쓸하게 웃었다.

"이 동네에 슈퍼가 여기밖에 없어서 장사는 괜찮을 거예
요. 독점이라서 늘 평균 매상은 하거든요."

주인 여자가 서둘러 덧붙였다. 가게를 빨리 처분하고 싶
은 마음이 남편 못지않은 듯했다.

"평균 매상이 얼만데요?"

내가 물었다.

"하루에 이십오만 원은 돼요."

주인 여자가 대답했다.

나는 장부를 보여달라고 하려다가 그만두었다.

세 번째 찾아간 곳은 사십대 중반의 남자가 혼자 하는 슈
퍼였다. 이차선 도로변이어서 유동 인구는 제법 있는 곳이
었으나 가게가 너무 낡고 협소했다. 남자는 물어보지도 않
았는데 매상을 올리는 영업 전략에 대해 강의라도 하듯 한
참 설명해주었다. 어떤 물건은 유통업자에게 받는 것보다
대형 마트에 가서 박스떼기로 사 오는 게 마진율이 높다거
나, 아이스크림 도매상들과는 어떤 식으로 거래해야 하는
지 등등의 이야기였다.

남자는 매우 정력적인 사람으로 보였다. 그러나 정작 남자는 앞에서 본 사람들보다 더 슈퍼 일에 넌더리를 내고 있었다. 대소변조차 편하게 보지 못해 변비가 걸렸다면서, 슈퍼에 이 정도 노력과 시간을 바치느니 한 살이라도 젊을 때 다른 일을 찾고 싶다고 했다.

"매상은 몰라도 그만두는 이유는 다들 솔직하게 말하는 것 같네."

가게를 나오며 내가 말하자 아내가 고개를 끄덕였다.

네 번째는 칠십유 세라는 할이버지가 이십육 년째 하고 있다는 슈퍼였다. 할머니와 함께 시작했다가 육 년 전에 사별하고는 혼자 해왔는데 이제는 힘에 부친다고 했다.

"하루에 얼마나 팔리나요?"

담배 한 갑을 사면서 내가 물었다.

"계절마다 다른데 십오만 원 정도 보면 돼."

"먹고살긴 좀 힘들겠네요?"

"쉰아홉이라 했소? 아직 팔팔하신데 둘이 붙어 있을 필요 있나. 안사람이 반찬값 번다 생각하고 남자는 다른 일 해야지."

"할머니하고 하실 때는 이것만 갖고 생활이 되셨어요?"

"그때만 해도 저 마트가 없을 때라 그냥저냥 살 만했지."

할아버지가 턱으로 길 건너편의 큰 마트를 가리켰다. 내가 할아버지를 따라 유리창 밖으로 눈을 돌리자 언제 나갔는지 아내가 마트를 쳐다보며 우두커니 서 있었다.

어느덧 날이 어둑해지고 있었다.

마지막에 가기로 한 다섯 번째 가게는 다음 날로 미루고 우리는 집으로 돌아왔다.

나는 밤이 늦도록 고민했다. 오늘 돌아본 슈퍼 중 하나를 결정해야 했다. 마치 간택이라도 하는 듯 미묘한 갑의 위치가 나를 허탈하게 했다.

다녀온 슈퍼들 모두 하루라도 빨리 가게를 그만두고 싶어 했다. 그들은 가게에 들어서는 우리를 자기들 삶의 구원자라도 나타난 양 조바심 어린 표정으로 반겼다. 사연들은 저마다 다르지만 슈퍼 일이 그만큼 고되다는 이야기일 것이다. 고된 그만큼 수입이 안 따라준다는 이야기이기도 할 것이다.

아침에 집을 나설 때의 설렘은 사라졌다. 하나같이 슈퍼 탈출을 기다리고 있던 지치고 생기 없는 사람들. 거의 명백하게 그건 장래의 우리 모습이었다.

저축은 아예 불가능하다. 보증금이나 월세는 올라간다.

음료 박스 나르는 게 버거워지는 나이가 되어도 껌 한 통에 밥 먹다 벌떡 일어나는 일은 변하지 않을 것이다. 무언가 의미를 느낄 수 있는 일도 아니다. 굶지 않는 삶만 가까스로 지탱해가며 아내와 동반 나들이 한 번 못할 것이고, 한 사람이 먼저 죽는 날에야 며칠 쉬게 될 것이다. '喪中이라 당분간 문을 닫습니다'라는 쪽지를 붙여놓고.

말하자면 슈퍼는 '연명' 이상이 되지 못했다. 연명할 수 있다는 것만으로 감지덕지한 게 당장의 현실이지만, 좀 서글펐다.

내 마음을 안 것일까, 아니면 아내도 같은 생각을 했을까, 다음 날 아침 아내는 또 무언가를 들고 나에게 다가왔다.

"이거 한번 볼래요."

아내가 건넨 A4 용지는 프린터로 뽑은 사진이었다.

올망졸망한 단층집들이 모여 있는 시골 마을이었다. 사진 중앙의 작은 삼거리에 '안심식당'이라는 간판이 보이고, 버스 정류장인 식당 앞길에는 몇 명의 촌로와 아주머니들이 서성거리고, 뒤쪽으로 이발소와 세탁소가 보이고, 더 멀리 사진 위쪽으로는 야트막한 산이 병풍처럼 동네를 두르고 있었다.

"어때요?"

아내가 조심스럽게 물었다.

"정겹네."

나는 무심하게 대답했다.

"그렇죠?"

아내가 반색을 하며 활짝 웃었다.

나는 아내의 말을 기다렸다.

아내가 손으로 식당 간판을 가리켰다.

"이 식당이 사천만 원에 나왔어요. 세가 아니라 파는 금액이에요. 큰 방이 하나 있다니까 살림도 할 수 있어요. 근데 어떤지 알아요? 이 마을에 슈퍼가 없어요. 가장 가까운 슈퍼가 이 킬로 정도 떨어진 면사무소 앞이에요. 슈퍼가 생기면 주민들이 먼저 좋아할 거예요."

"여기가 어딘데?"

"충청도에 있는 안심리라는 동네예요. 이름도 좋지 않아요, 안심리?"

"거기까지 가서 슈퍼를 하자고?"

"들어봐요, 이런 데가 좋아요."

아내의 얼굴이 발그레하게 달아올랐다.

"그냥 가게가 아니라 마을 사람들의 쉼터를 만드는 거예요. 손님들한테 라면도 끓여주고 차도 팔 거예요. 보이죠, 여기 버스 정류장에 서 있는 사람들? 추운 날에는 우리 가게로 들어오라고 해요. 그런 분들은 아무것도 안 사도 돼요. 버스 올 때까지 따뜻한 난로 옆에 앉아서 기다리시라고 해요. 가벼운 책들하고 잡지도 비치해요. 우리 컴퓨터도 가게에 놔두고 누구라도 이용할 수 있게 하고요. 가게 앞에 공간이 좀 있잖아요. 여기에는 평상을 크게 하나 만들어서 바둑판하고 장기판도 갖다 놔요. 뭘 사지 않아도 누구나 와서 편하게 쉬다 갈 수 있는 공간이 되는 거예요."

아내는 신나는 소풍을 앞둔 소녀처럼 자기가 생각한 가게 모습을 나에게 열심히 설명했다. 눈빛도 목소리도 반짝거렸다.

"벼룩시장도 만들어요. 자신에겐 쓸모를 다했지만 누군가에겐 필요할 수 있는 물건들을 우리 가게에 기증하면 우린 그것을 팔아요. 수익금은 모았다가 전부 어려운 이웃에게 써요. 일 년에 연탄 몇백 장 값만 나와도 덕분에 한 사람은 따뜻한 겨울을 보낼 수 있어요. 그러면 기증하는 사람도 사가는 사람도 좋은 일에 동참하는 거니까 행복할 거예요."

나는 사진을 집어 들어 '안심식당'이라고 적힌 간판을 다시 보았다.

아내는 계속 이야기했다.

"신문도 만들면 좋을 것 같아요. 당신 글 잘 쓰니까 슈퍼에서 일어난 이런저런 일들을 쓰는 거예요. 마을 소식도 싣고, 평상에서 바둑 두는 이야기도 싣고, 오늘은 누가 어떤 물건을 기증했는지 뭐가 팔렸는지 하는 것도 다 쓰는 거예요. 사진도 찍어서 당신 컴퓨터로 작업하면 돼요. 그렇게 만들어 가게에 놔두면 다들 재미있어 할 거예요. 음, 처음엔 한 달에 한 번 정도가 좋을 것 같고, 나중에 일이 익숙해지고 사연도 많아지면 일주일에 한 번씩 내요. 신문 나오는 날은 아마 사람들이 일 없어도 신문 보러 우리 가게로 올걸요."

나는 사진을 다시 들어 식당 앞에서 버스를 기다리고 있는 사람들을 찬찬히 들여다보았다. 자동차가 돌아다니며 찍은 로드뷰 사진이라 얼굴들은 뿌옇게 가려져 있었다. 나는 그 사람들의 이야기를 쓰고 있는 내 모습을 떠올려보았다.

"그리고 나중에는 무인 슈퍼로 바꿔요. 우리가 집을 비워도 손님들이 알아서 물건값을 계산하게 해요. 물건마다 가격표를 붙이고 가게에 작은 돈통 하나 놔두면 돼요. 그리고요……."

아내는 몇 가지를 더 이야기했다. 나는 시종 묵묵하게 아내의 말을 들었다.

바람이 심하게 불어 낡은 철대문이 스산하게 덜컹거렸다. 그 소리가 나에게는 왠지 오래전 과거로부터 날아오는 소리 같았다.

"어때요?"

말을 다 끝낸 아내가 눈을 반짝거리며 물었다.

나는 아내에게 다가가, 손을 잡으며 말했다.

"가보자."

"야호!"

이틀 후 오후 다섯 시, 시외버스를 타고 안심리에 도착했다. 하늘에 불그스레한 노을이 번지고 있었다.

나는 아내와 함께 사진에서 본 삼거리로 갔다. 버스 정류장에 기다리는 승객이 없는 것 말고는 사진에서 보던 분위기 그대로였다. 올망졸망 붙어 있는 지붕 낮은 집과 빛바랜 간판들, 먼지로 부연 유리창. 발전이 정체돼 있는 쇠락의 흔적들이 곳곳에 보였지만, 거리는 정겨웠다.

어느 집 대문 앞에서 함지 가득 무청을 다듬던 아주머니가 힐끗 우리를 돌아보았다. 보건소 쪽에서 여자아이 하나가 좀 위태롭다 싶게 빨리 달리더니 기어이 넘어지고 말았다. 아이는 울 듯 말 듯 하다가 우리와 눈이 마주치자 태연히 일어나 다시 달려갔다. 그 잠깐 사이 노을이 엷어지면서 길게 휘어진 신작로에 뜨물 같은 저녁 그림자가 드리워졌다.

우리는 안심식당 앞으로 걸어갔다. 그만둔 지 오래돼 보이는 가게였다. 출입문에 매달린 큼지막한 자물쇠가 녹슬어 먼지로 덮여 있었다. 집주인과는 내일 만나기로 돼 있어 내부는 볼 수 없었다. 우리는 식당 근처를 빙 둘러 동네를 한 바퀴 돌았다.

"가로등이 있으면 좋겠어요."

삼거리로 돌아왔을 때 아내가 혼잣말처럼 말했다. 나도 같은 생각이어서 고개를 끄덕였다.

우리는 잠시 서서 동네 뒷산을 올려다보았다. 산 주위로 푸르스름한 밤의 색조가 번지고 있었다. 늦기 전에 묵을 방을 잡아야 했다. 동네에 숙박업소가 없어 면사무소가 있는 곳까지 십여 분 정도 걸었다. 여인숙을 잡았을 때는 석양이 완전히 넘어가 사방이 어두컴컴했다.

여인숙에서 우리는 손만 간단히 씻고 벽에 나란히 기대 앉아 텔레비전을 보았다. 구형 텔레비전을 올려놓은 나무 탁자 아래에는 노란색 물주전자와 물잔 두 개가 플라스틱

네모 쟁반에 담겨 있었다. 방바닥은 따뜻했다.

아내는 열 시쯤에 내 어깨에 기대어 잠이 들었다. 나는 텔레비전을 끄고 아내를 눕혀 이불을 덮어주고는 여인숙을 나왔다.

사방에 불빛이 하나도 없었지만 달이 밝아 그다지 캄캄하지는 않았다. 인적 끊긴 밤길을 걸어 나는 낮에 갔던 삼거리로 갔다. 가로등 하나 없는 삼거리는 괴괴했다. 나는 삼거리 한가운데에 서서 '안심식당'이라고 쓰인 주홍색 간판을 한참 바라보있다.

절대 게으름 피우지 말자. 어떤 욕심도 부리지 말고 하루하루 열심히 살자.

나는 돌아서서 여인숙을 향해 걸었다. 거리는 무섭도록 고요했다. 국도와 연결된 신작로 아스팔트에 달빛이 은은히 내려앉아 있었다.

여인숙까지 반쯤 걸었을 때 바지 주머니에 넣은 핸드폰에서 진동이 느껴졌다. 잠에서 깬 아내가 나를 찾는 전화일 것 같아 얼른 핸드폰을 꺼냈다. 꺼내보니 전화가 온 게 아니었다. 종종 경험하는 진동 착각이었다.

나는 아내가 전화할지 모른다는 생각에 핸드폰을 손에

쥐고 걸었다. 마을의 신작로가 끝나고 면으로 넘어가는 다리를 지날 때 손에서 다시 진동이 느껴졌다. 아내였다.

"어디예요?"

"슈퍼에 좀⋯⋯."

"이 밤중에 뭐 사려고요?"

"그게 아니라⋯⋯."

"알았어요, 빨리 와요. 당신 없으니까 허전하다."

전화를 끊고 나는 가만히 서 있었다. 무엇인가 이상했다. 이상한 그게 무엇인지는 모르겠는데 마음이 공연히 불안했다. 나는 핸드폰을 만지작거리며 한참 서 있다가 걸었다. 걷다가 다시 멈췄다.

아내의 목소리가 뭔가 달랐던 것 같다는 생각이 들었다. 자다가 막 깬 목소리라 해도 어딘지 너무 느릿하고 몽롱했다. 목소리가 허공에 저 혼자 떠 있는 느낌이었다. 당신 없으니까 허전하다. 마지막 이 말도 낯설었다. 아내가 그런 식으로 말하는 걸 들어본 적이 없었다.

얼마 후, 머릿속으로 아뜩한 생각 하나가 스쳤다. 동시에 등줄기가 서늘해졌다. 쿵쿵! 심장이 빠르게 뛰었다. 캄캄한 신작로 한가운데에 서서 나는 무서운 장면을 떠올렸다.

부스스 눈을 뜬 아내가 한동안 멍해 있고, 무표정하게 여기저기 두리번거리고, 일어나서 들창을 열어보고, 자기가 무슨 생각을 하고 있는지도 모른 채 밤하늘의 달을 하염없이 바라본다. 치매에 걸린 채 깨어난 아내의 모습이었다.

말도 안 되는 상상이었다. 왜 그런 상상이 떠올랐을까. 단 한 번도 그 비슷한 생각조차 해본 적이 없었다.

떨쳐내고 싶은데 상상은 이미 나의 머릿속을 가득 채우고 있었다. 몇 개의 또 다른 장면이 나의 머리에 연달아 떠올랐다. 하나같이 가슴이 서늘해지는, 꿈속에서조차 보고 싶지 않은 장면들이었다. 어느 장면에서는 부르르 몸이 떨리기까지 했다. 그럼에도 나는 상상을 멈출 수가 없었다. 상상은 잠에서 막 깨어나 떠올리는 꿈의 잔영들처럼 두서없으면서도 생생했다. 그리하여 장면이 바뀌는 순간순간 나의 가슴에 꽂히는 고통도 선연했다.

스스로 떠올리는 상상이면서도 나는 무슨 주술에라도 사로잡힌 양 그 몹쓸 상상에서 벗어날 수가 없었다. 차츰 상상의 장면들은 시간과 공간까지 분명하게 갖추면서 마치 누군가 들려주는 한 시절의 이야기처럼 구체적인 스토리가 되었다.

내가 아침 일찍 슈퍼 문을 연다. 가게 청소를 하고 방으로 들어가면 방 한가운데에 멍하니 앉아 있던 아내가 나를 보고 방긋 웃는다. 나는 밖으로 나가 아침밥을 준비한다. 갑자기 방에서 아내의 울음소리가 들린다. 급히 뛰어 들어가 보면 아내가 겁먹은 표정으로 구석에 쪼그리고 있다. 나는 아내를 달래 안심시킨다.

밥상을 갖고 들어와 한 숟갈 한 숟갈 아내에게 떠먹인다. 손님이 들어오는 소리에 얼른 밖으로 나간다. 물건을 팔면서 나는 내내 초조하다. 손님이 가자마자 방으로 돌아가 보면 아내는 무표정하게 텔레비전을 보고 있다. 엎어진 반찬 그릇들이 아내의 발치에 뒹굴고, 아내의 얼굴에는 손으로 허겁지겁 집어먹은 듯 벌건 양념이 묻어 있다. 방을 청소하고 물수건으로 아내의 얼굴을 닦아준다. 손님이 와서 허겁지겁 다시 가게로 나간다.

밤이 되어 둘이 함께 눕는다. 한밤중에 문득 눈을 뜨자 아내가 보이지 않는다. 얼른 밖으로 나가보면 아내가 가게에서 물건들을 정리하고 있다. 그녀의 평소 성격대로 꼼꼼히, 흐트러짐 하나 없이 물건을 정리하고는 내가 미처 청소하지 못한 묵은 먼지도 닦아내고 있다.

추우니 그만 들어가.

내가 말하자 아내가 화를 낸다. 아내가 갑자기 가게의 물건들을 내던지기 시작한다. 그러고는 곧 제풀에 놀라 과자 봉지 하나를 얼른 집어 들고는 "미안해요, 정말 미안해요" 하면서 아이를 안듯 품에 꼭 껴안는다.

　나는 몽롱하게 서 있었다. 손가락 하나 까딱할 수가 없었다. 상상 속 그 일들을 실제 겪기라도 한 듯 나는 격심한 비통에 휩싸여 있었다. 미친 짓이라고 생각하면서도 상상을 계속 따라간 자신을 나는 뒤늦게 책망했다. 무엇보다, 내 어처구니없는 상상이 행여 '말의 씨'가 되는 건 아닐까 하는 생각이 나를 초조하게 했다.

　나는 여인숙을 향해 걷기 시작했다. 조바심으로 미칠 것 같았지만 나는 달릴 수 없었다. 달리는 그 행동이 또 '말의 씨'가 되어 무언가를 야기할지도 모른다는 불안함에, 나는 나를 지켜보는 누군가에게 짐짓 보여주기라도 하듯 태연함을 유지했다. 이런 생각 자체가 얼마나 황당한가 스스로 어이없어 하면서도 나는 그 예감의 결박에서 빠져나올 수가 없었다. 나는 거의 비틀거리며 느릿느릿 걸음을 옮겼다.

　심장이 요동치면서 숨이 가빠졌다. 나는 밤공기를 깊이 들이마셨다.

　"안 돼!" 하는 외침이 불쑥 나의 입에서 튀어나왔다. 그러자 기다리고 있었다는 듯 눈물이 주르르 흘러내렸다.

나는 그 눈물에 움찔했다. 누구도 이 눈물을 보아선 안 된다고, 더 이상 슬픈 감정에 빠지면 정말 무슨 일이 벌어질지 모른다고, 나는 필사적으로 슬픈 감정을 다독거렸다. 어떤 작은 흔들림도 빈틈이 될 것 같았다. 나는 조금의 곁눈질도 없이 시선을 일직선으로 정면에 두고, 눈에 한껏 힘을 주면서 허공을 노려보았다.

마침내 여인숙에 도착했다. 사방이 캄캄한데 아내가 있는 방 문틈에서만 희미한 불빛이 새나오고 있었다. 나는 아까 나올 때 방의 불을 껐는지 켜놓았는지 생각해보았다. 기억이 나지 않았다. 방에서는 아무 소리가 없었다. 차마 문을 열 용기가 나지 않아 나는 한참 동안 문 앞에 가만히 서 있었다.

이윽고, 나는 조심스레 방문 손잡이를 잡았다. 그러고도 다시 한참을 그대로 있었는데, 그때 나의 머리를 스쳐간 것은 그때까지 살아온 나의 전 생애였다. 교만했고, 의지는 약했고, 허튼 감상만 많았다. 지난날의 한심한 내 모습들이 자아의 어떤 방어막도 없이 투명하게 깨달아졌다. 목에서 뜨거운 것이 올라왔다.

나는 신에게 기도했다. 지금 아무 일도 없다면 앞으로 다른 건 무엇이든 받아들이겠다고, 어떤 벌도 감수하겠다고, 제발 나에게 시간을 조금만 더 달라고, 입술을 깨물면서 나는 간절하게 기도했다.

방문을 열었다. 주전자를 집어 들고 있던 아내가 나를 돌아보았다. 나는 아내의 눈을 똑바로 쳐다보았으나 입을 열수 없었다. 아내가 빙그레 웃었다. 아내가 들고 있는 주전자에서 물 한 방울이 방바닥으로 떨어졌다. 물방울이 노란색 장판 위로 느릿느릿 흘러갔다. 웃고 있는 아내의 표정은 어서 들어오라며 반기는 것 같기도 했고, 의식 한 점이 어느 다른 곳으로 떠나 있는 것 같기도 했다.

곧 알게 될 것이었다. 아내의 입에서 한마디만 나오면 바로 알게 될 것이었다. 그 짧은 순간, 나는 아내를 처음 만나던 날에 매혹되었던 천진한 표정이 그때 그대로 아내의 얼굴에 맑게 서려 있는 것을 보았다. 동시에 그 천진이 쇠스랑같은 고단함 사이로 아슬아슬하게 숨 쉬고 있는 것도.

나는 숨 마히는 긴장 속에서 방 안으로 한 걸음 들어섰다.

아내가 말했다.

"우리 슈퍼 보고 왔어요?"

"어휴, 대구까지 언제 가나……."

택시 기사가 바나나우유 하나, 단팥크림빵 하나, 옥수수 맛 과자 두 봉지를 계산대에 내려놓으며 중얼거렸다.

"대구에 가세요?"

만 원 지폐를 받고 잔돈을 계산하면서 내가 물었다.

"가는 게 아니고 돌아가는 길이에요. 사실 오늘은 좀 피곤해서 장거리도 별로 안 반갑고 일찍 들어갈까 했는데 돈이 뭔지 막상 태우고 보면 그게 또 그렇잖아요……."

택시 기사가 자기 이야기를 들려주었다. 올해 제대하여 삼 학년에 복학한 큰아들과 작년에 대학 들어간 딸과 올해 수능 시험을 보는 막내아들이 있는데, 큰아들은 착해서 대학 생활 내내 아르바이트를 하고 있고, 딸은 공부를 잘해 장학금을 받을 것 같고, 아내는 살림밖에 모르던 여자였는데 갑자기 체인점 분식집을 해보겠다고 해서 대출을 받아 차려주었더니 육 개월 만에 말아먹었고, 오늘은 웬 도박에

미친놈을 대구에서 강원도 카지노까지 태워주었는데 거기 가보니 와 정말 한눈에도 딱 페인이다 싶은 사람들이 곳곳에 넘치더라고 했다.

"대구까진 얼마나 걸리나요?"

"뭐 가기 나름인데 밟으면 두 시간에도 가지만 난 과속은 안 해요. 졸린 게 좀 문제지."

"조심해 가세요."

"그래서 이 과자를 샀어요. 잠 안 오는 껌이나 사탕 이런 거 다 안 되고 난 이게 딱이더라구요. 이 과자 먹고 있으면 안 졸려요. 사장님도 졸릴 때 한번 먹어보세요."

"그래야겠네요."

"아이고 이제 가봐야지. 수고하세요."

"네, 안녕히 가세요."

뭔가 말하고 싶어 하는 손님들이 있다. "오늘은 라면으로 한번 때워볼까나" "걸레질을 얼마나 했는지 팔목이 다 쑤시네" "세상 많이 좋아졌다 정말" 하고 계산대에 물건을 내려놓으며 슬며시 혼잣말을 꺼낸다. 내가 말없이 계산만 하면 그냥 돌아선다. 말을 받아주면 사연이 시작된다. 바쁘지 않은 시간이면 나는 말을 받아주었다.

택시 기사가 나가고 나니 어느덧 네 시가 가까웠다. 잠이 쏟아지는 시간이다. 나는 두 팔을 들어 올려 크게 기지개를 켰다. 약간 졸린 채로 실내를 물끄러미 바라보고 있자니 처음에 일할 때 매장이 매우 넓어 보이던 것이 생각났다. 손님으로 드나들 때보다 몇 배는 더 넓어 보였다.

이유가 뭘까 생각해보니 물건들 때문에 그런 것 같았다. 편의점에는 그야말로 온갖 것이 다 있다. 손님일 때는 내가 살 물건만 보였는데 근무자로 있으니 진열된 모든 물건이 눈에 들어왔다. 신문, 복권, 상비약을 비롯해 편의점에서 판매하는 상품 종류는 수천 가지나 된다. 저나나 제 이름을 가진 그것들이 각기 자리 하나씩 차지하고 촘촘히 어울려 있다.

중학생 때 철거된 동네를 본 적이 있다. 철거되기 전에 그 동네를 지나갈 때면 두 사람만 동시에 걸어가도 어깨가 부딪치는 좁은 골목들이 흥미로웠다. 수백 채의 판잣집들은 비슷비슷하면서도 저마다 특색 있었고, 집 앞에는 온갖 자질구레한 물건들이 널려 있었다. 거미줄처럼 여러 갈래로 나 있는 골목은 한번 잘못 들어가면 미로처럼 빠져나오기 힘들었다. 그래서 매우 넓다고 느꼈다. 이 동네에 숨으면 누구도 찾아내지 못할 거라고 생각했다. 나중에 철거된 곳을 가보고는 충격을 받았다. 그곳은 그저 '한 줌'이었다. 그 좁은 공간에 그처럼 많은 사람들이 살았다는 것이 믿어지지 않았다.

딩동. 차임벨이 울리면서 노란 추리닝을 입은 남자가 들어섰다. "어서 오세요." 나는 자리에서 일어났다.

"말보로 레드 두 개요."

나는 오른쪽으로 몸을 돌려 담배 진열대에서 말보로 레드 두 갑을 꺼냈다. 바코드를 찍는 동안 남자가 주머니에서 한 움큼의 동전을 꺼냈다. 오십 원짜리도 있고 십 원짜리도 보였다.

"하, 집 안에 굴러다니는 게 많아서……."

남자가 머쓱한 표정을 지으며 말했다.

"세어보세요."

동전을 받아 쥔 나에게 남자가 언제까지고 기다려주겠다는 듯 다소곳한 자세를 취했다. 세어볼 필요는 없다. 이런 손님은 자신이 살 물건값에 맞춰 본인이 미리 꼼꼼히 세어보고 온다.

추리닝 남자가 나가고 난 후 밖으로 나왔다. 담배 한 대 피우려는데 화물차 한 대가 속도를 줄이며 다가왔다. 컵라면에 물을 부으면 손님이 오고, 시재 계산을 시작하면 손님이 오고, 밖에 나와 담배에 불을 붙이면 손님이 온다. 고맙게 이번엔 불을 붙이기 전에 와주었다.

화물차가 너무 깨끗해서 나는 편의점으로 들어가다가 다시 돌아보았다. 이십오 톤가량의 카고 트럭이었는데 자주색 헤드 전체가 방금 차고지에서 나온 듯 반짝거렸다. 적재함 내부와 바퀴들까지 모두 깨끗했다. 나는 왠지 뭉클했다. 오늘이 첫 근무 아닐까 싶었다. 전에 살던 어느 동네에서 방금 뽑아온 화물차 앞에 돼지머리를 놓고 고사 지내는 장면을 본 적이 있다. 화물차 기사들은 자기 전 재산을 끌고 다닌다.

남자는 레종 블루 한 갑을 사가지고 떠났다. 처음에 꺼내준 담배의 흡연 경고 그림을 보고는 다른 건 없냐고 해서 가장 순한 그림으로 바꿔주었다.

다섯 시가 넘어가고 있었다. 나는 종이컵에 믹스 커피를 타서 밖으로 나왔다. 밤이 조금씩 짧아지고 있지만 아직은 깊은 새벽이다. 나는 가볍게 허리 운동을 하고 의자에 앉았다.

맞은편 길에서 택시 한 대가 빠르게 달려오다가 속도를 줄이며 멈칫거렸다. 종종 있는 일이다. 나는 기사에게 편의점 유니폼이 보이도록 택시 쪽으로 몸을 돌렸다. 택시는 다시 속도를 올려 달려갔다.

아내와 계획했던 안심리 슈퍼마켓은 열지 못했다. 인터넷 지도의 로드뷰로 보았을 때는 안심리에 슈퍼가 없었다. 그런데 막상 내려가보니 식당에서 멀지 않은 쌀가게에서 슈퍼를 겸하고 있었다. 지도에는 쌀가게라는 간판만 보였는데(요즘 세상에 쌀 하나로 장사가 되나 하는 생각을 하긴 했었다) 가게 안에는 쌀보다 잡화가 더 많았다. 우리가 슈퍼를 내면 그곳과 경쟁을 하는 것이다. 경쟁에서 이긴다는 건 동네의 오랜 가게 하나를 망하게 하는 것이다.

"다시 찾아볼게요."

아내의 인터넷 검색이 다시 시작되었다. 아내는 개인 블로그에서 부동산 전문 포털까지 온갖 사이트를 돌아다니며 전국의 매물을 샅샅이 훑었다. 그리고 지금 사는 집을 찾아냈다. 이곳은 막국수를 팔던 식당이었다. 구천만 원 급매로 나왔는데 은행 융자가 육천만 원이나 끼어 있어 삼천만 원이면 살 수 있었다. 식당을 하던 곳이라 적당한 크기의 홀이 있었고(지금은 홀을 거실로 쓴다), 홀 옆으로 방도 두 개나 있었다. 차가 많이 다니는 도로변이고, 대문 바로 앞이 버스 정류장이다. 동네 외곽이라 유동 인구는 많지 않으나 우리 소유 집이니 보증금과 월세가 들어가지 않는다. 가게 꾸미고 물건을 들일 수 있는 돈만 마련되면 이곳에 슈퍼를 내자고 우리는 다짐했다.

그렇게 이 년 전, 이곳으로 왔다.

어디선가 닭 울음소리가 들렸다. 새벽에 듣는 닭 울음소리는 아련한 그리움을 준다. 닭 울음소리가 청아하게 들리는 건 기억의 무늬이다. 닭이 있는 풍경의 정답고 안온했던 기억들.

오래전에 읽은 SF 소설이 있다. 주인공이 타임머신을 타고 십만 년 후의 세상으로 갔는데, 그 세상에서는 애 낳는 고통과 시간 낭비를 없애고 효율적으로 종족을 번식하기 위하여 모든 인간의 생식 기능이 제거돼 있고 여왕벌 같은 거대한 인간 혼자서만 하루 종일 인간을 생산해내고 있었다. 사랑과 출산이라는 과정이 사라진 종족 번식이란 얼마나 단조롭고 끔찍한가. 삶의 의미는 디테일에 있다. 디테일이 없으면 우주는 단지 무한한 공허이다.

가게 위쪽에서 지업사 남자가 걸어왔다. 남자는 오늘도 조금 작아 보이는 점퍼를 몸에 짝 달라붙게 입고 땅바닥만 보면서 걷는다. 지업사 사장이 지나간 길에서 인력사무소 가는 남자가 걸어온다. 남자는 학생들의 책가방 같은 작은 배낭을 메고 걸어와 몸을 폴더처럼 접으며 버스 정류장의 나무 의자에 앉는다.

다섯 시 이십 분. 거리는 차고 건조하다. 여전히 컴컴하지만 앞산의 능선과 하늘 사이 어둠이 미미하나마 엷게 분리되고 있다.

화물차 한 대가 위에서 길게 포물선을 그리며 돌아 내려온다. 구십 도 가까이 휘어지는 저 길모퉁이는 J시에서 달려와 이 읍에 들어서는 초입이자 이 읍을 벗어나는 경계점이다. 희미한 가로등 불빛에 잠겨 모퉁이를 돌아 내려오는 차에는 멀고 외로운 길을 달려온 느낌이 차량 전체에 물씬하다. 반대로, 그쪽으로 돌아 사라지는 차량들은 꿈결 속으로 건너가듯 아련하다.

가끔 어둠이 아직 걷히지 않았는데 가로등이 서둘러 꺼질 때가 있다. 그러면 저곳은 심야보다 훨씬 컴컴해져 아무것도 보이지 않는다. 그럴 때 헤드라이트 불빛을 뿌리며 캄캄한 어둠 속에서 갑자기 돌아 나오는 차량의 모습은 마치 허공을 가로지르는 별똥별 같다. 특히 길이가 긴 트레일러 화물차들은 차량 중간중간에 네다섯 개의 경계등을 반짝거리며 길게 휘어지는데, 그 모습이 마치 우주를 종단해온 기차처럼 장엄하고 구슬프다. 그럴 때 나는 낯선 행성에서 혼자 어느 전령을 기다리고 있는 것 같은 기분이 든다.

나는 편의점으로 들어가 시재를 맞춰보았다. 물건 빈자리가 없는지 진열대를 돌아보고 나서 바닥을 청소했다. 그리고 밖으로 나가 인도를 쓸고 있자니 동이 터오기 시작했다.

밤을 새우고 여명의 첫 햇살을 받으면 가슴에 경건한 감정이 일렁인다. 날카롭고 힘찬 햇살 속에서 사람도 사물도 모든 것이 신의 계시로 마련된 것처럼 경이롭게 보인다. 사람 떠난 빈집의 이끼 낀 담장마저 알 수 없는 예언이 깃들어 있는 형상처럼 심원한 존재성이 느껴진다.

아침 일곱 시의 햇빛 속에서는 모든 것이 용서된다.

참새들 몇 마리가 재재거리며 나무에서 땅으로 내려앉았다. 참새들은 편의점 손님들이 먹다 남긴 부스러기들을 쪼아 먹으며 나무 위아래로 부지런히 날아다녔다. 나는 빗자루를 내려놓고 참새들이 먹이를 충분히 쪼아 먹을 때까지 기다렸다.

얼마 후 크레인을 실은 화물차 한 대가 다가왔다. 편의점 손님인가 했는데 가로수 작업을 하러 나온 차량이었다. 기사는 크레인을 조정해 은행나무에 올라가더니 전기톱으로 가지들을 잘라나갔다. 조금 무참하다 싶었다. 저렇게 해도 나무가 살아남을까 싶게 몸통과 굵은 가지들 예닐곱 개만 남기고 모든 가지를 잘라버렸다. 새잎이 돋지 않아 아직 헐벗었지만 가지만은 무성하던 은행나무가 금세 무슨 인공 구조물처럼 밋밋해졌다. 그 소동 속에서 참새는 모두 사라져버렸다.

편의점 윗길에서 교복을 입은 여고생 세 명이 걸어왔다. 매일 아침 사탕이나 초코 음료를 사며 교통카드로 결제하는 학생들이다. 이야기를 나누며 웃는 얼굴들이 밝고 푸릇하다. 곧 첫 버스가 올 것이다.

계산대 안으로 들어가 서 있자 한 아주머니가 다급한 모습으로 들어섰다.

"이 근처 가장 가까운 은행이 어디 있어요? 택시를 타야 하는데 돈을 안 갖고 나왔네."

"카드 있으시면 여기에서 찾으시지요?"

"여기요? 여기에도 돈 찾는 데가 있어요?"

"네, 저쪽에 현금인출기 있습니다."

"어머나, 여기에도 이런 게 있네. 고맙습니다."

여자가 후다닥 현금인출기 쪽으로 달려갔다.

나이가 많지도 않은데 편의점에 현금인출기가 있다는 것을 모르는 것이 신기했다. 나는 아내와 밥 먹을 때 이 이야기를 들려주어야겠다고 생각했다.

여고생들이 까르르 웃으면서 들어왔다. 그 바로 뒤로 화물차 기사가 들어서며 "에쎄 프레소 하나요" 하며 돈을 꺼내 들었다.

운전을 처음 배우면 초보 딱지를 뗄 무렵 잔 사고가 오히려 많아진다. 여기 일도 처음에 그랬다. 두어 달 지나면서 일이 손에 붙자 정신없이 바쁜 시간에 오히려 재미있었다. 어떤 주문에도 곧바로 대응하며 기계적으로 움직여지는 나의 몸놀림이 스스로 감탄스러웠다. 기기엔 묘한 쾌감이 있었다. 착 차자작 착 착착착. 나는야 편의점 사나이. 착 차라자라 착착. 줄 서 있는 손님들을 빠르게 흘려보내고 있으면 짜릿했다.

그러다 보면 실수가 나왔다. 거스름돈 계산에 착오가 생기거나 손님에게서 받은 물건을 떨어뜨렸다. 손님에게 건네는 인사도 건성이 되었다.

지금은 내가 처리할 수 있는 속도보다 한 호흡 늦게 움직인다. 반사적으로 반응하지 않고 매 순간 내가 하고 있는 동작을 의식한다. 동작과 동작 사이에 쉼표를 넣는다. 그러면 슬로모션 화면을 보듯 나의 손발이 어디에 있는지, 어깨가 어느 각도로 돌아가고 있는지 눈에 들어온다. 지금 무엇을 하고 있는지, 다음 순간에 무엇을 해야 하는지 투명하게 인식된다.

"서두르지 마요."

아내는 나에게 말하곤 했다.

"지금 하고 있는 일에만 마음을 주어요. 그러면 설거지도 명상이 돼요."

나는 지금 에쎄 프레소 담배 한 갑을 주문받았다. 에쎄 프레소가 어디쯤에 있는지 안다. 한 호흡 늦춰 그쪽으로 허리를 돌린다. 눈으로 담배 위치를 찍고, 엄지와 검지로 담배를 집어 들고, 바코드를 찍고, 손님이 들고 있는 오천 원 지폐를 보면서 금고의 오백 원 동전 하나를 집어 든다. 왼손으로 담뱃갑에 오백 원 동전을 얹어 손님 손에 건네고, 오른손으로 오천 원 지폐를 받는다. POS기의 현금 버튼을 눌러 계산을 마친다. 화면을 클리어한다.

손님이 돌아선다.

"안녕히 가세요."

힐끗 내다본 창밖에는 방금 나간 손님이 담배를 뜯으며 자기 차로 향하고, 화물차 한 대가 속도를 줄이며 다가서고, 교복을 입은 여학생 하나가 길 건너편 버스를 향해 무단횡단 하고, 나비 한 마리가 나뭇가지에 내려앉을 듯하다가 날아간다.

다음 손님. 다시 다음 손님. 다시 다음 손님.

나는 오케스트라의 지휘자다. 〈스타트렉〉 엔터프라이즈 호의 커크 함장이다. 수십여 명이 연주하는 모든 음표를 귀에 담고, 함 내의 모든 레이더 좌표를 눈에 담는다.

나는 황홀하게 바쁘다. 그러면서 동시에 순간과 순간 사이에 떠 있는 고요함을 만끽한다. 행복하다.

아아, 서울에 다녀오던 날은 얼마나 절망스러웠던가.

아내가 다가와 "우리, 슈퍼 해볼래요?" 했던 날, 방바닥에 새우처럼 웅크린 채 내 인생에 더 이상 길이 없다는 막막함으로 추워하던 날, 그 며칠 전에 나는 남동생을 만나러 서울에 올라갔었다.

*

청량리역에 내려 지하철을 타고 동생이 사는 사당동으로 갔다. 사당역에 도착한 건 오후 다섯 시쯤이었다. 나는 지하철에서 올라와 여관부터 잡았다. 서울에 올라올 때부터 당일로 내려가긴 힘들 것이라고 생각했다. 열 시면 끊어지는 막차 시간도 그렇고, 오늘은 아무래도 술을 좀 마시게 될 것이었다.

동생은 여섯 시 반에 만나기로 했다. 퇴근해서 집에 차를 놔두고 걸어 나오면 그쯤 된다고 했다.

나는 여관 욕조에 뜨거운 물을 받아 몸을 눕혔다. 욕실 바닥에 철퍼덕 흘러내리는 물소리를 들으며 나는 "아아!" 하고 길게 숨을 내쉬었다. 가벼운 마취에라도 들어간 듯 온몸이 나른해졌다.

"망중한이구나." 나는 조금 슬픈 마음으로 그렇게 중얼거렸다.

욕조에 누운 채로 담배를 피웠다. 욕조에 몸을 담그고 담배를 피우는 것은 나의 유일한 사치스러운 버릇이다. 집에서 욕조에 들어갈 때면 나는 일부러 담배를 갖고 들어가지 않았다. 욕조의 뜨거운 물에 몸을 담그고 그 고적한 안온함을 충분히 즐기고 난 다음, "여보!" 하고 큰 소리로 아내를 불러 담배를 갖다 달라고 했다.

"네!" 아내는 늘 밝게 대답했다. 그러고는 곧 환하게 웃으며 욕실로 들어와, 세상에서 가장 즐거운 일을 하는 사람의 표정으로 담배와 라이터를 내 손에 쥐어주었다.

여섯 시에 여관을 나왔다. 동생과 약속을 잡을 때 내가 장소를 정해놓고 알려주기로 했다. 나는 사당역 근처를 느릿느릿 걸어 다니며 동생과 만나기 적당한 술집을 물색했다.

바람이 쌀쌀했다. 보도블록에 바짝 마른 포플러 잎새들이 굴러다녔다. 걷는 사이에 해가 서서히 기울었고, 거리 간판들에 하나둘 불이 켜졌다.

여섯 시 반이 되어갈 무렵 큰길에서 두 블록 들어간 곳에 자리한 빈대떡집을 골랐다. 나는 조용히 대화하기 좋은 구석 자리를 잡아 막걸리 한 통과 빈대떡을 주문했다.

막걸리 두 잔을 마시고 동생에게 전화를 했다.

"어디냐?"

"거의 다 왔어. 형은 어디야?"

나는 술집 이름을 알려주고, 큰길에서 들어올 때 어느 길로 해서 찾아오면 되는지 자세히 일러주었다. 동생을 기다리면서 남은 막걸리를 마저 마셨다.

동생과 이따금 전화 통화는 했지만 얼굴을 보는 건 사년 만이었다. 일단 동생의 사는 이야기부터 듣자고 생각했다. 내 이야기는 적당한 시점에 천천히 말할 생각이었다. 모처럼 너하고 술 한잔하고 싶어서. 통화를 할 땐 그렇게만 말했다.

여주인이 새로 주문한 막걸리를 갖다 주었다. 따르기 좋게 막걸리통을 흔들어놓으려고 막 통을 잡았을 때 동생이 실내로 들어섰다.

"오랜만이다."

나는 두 손으로 막걸리통을 흔들면서 씩 웃었다.

동생은 시무룩한 표정으로 고개만 살짝 끄덕이고는 내 앞으로 와 앉았다.

딱히 못마땅한 일 없어도 동생은 늘 억지로 시간을 견디고 있는 듯 지루한 표정을 짓는다. 어릴 때부터 그랬다. 그 표정 때문에 아버지에게 많이 혼났다. 사회생활 제대로 못 할 놈이라고 아버지는 대놓고 동생의 기를 죽였다. 아버지 말이 지나치다 싶을 때면 내가 먼저 동생에게 버럭 소리를 질러 아버지 말을 막고는 했다.

"제수씨하고 아이들은 잘 있지?"

"응."

"직장인들은 금요일에 약속이 많을 텐데, 약속 취소하고 온 건 아니냐?"

"아니야."

막걸리 한 통이 비워질 동안 동생과 나는 아버지 돌아가신 일에 대해 이야기했다. 아버지를 추억해서가 아니라 오랜

만에 갖는 술자리여서 자연스레 나온 이야기였다. 내가 동생하고 처음 술을 마셔본 것이 아버지 장례식 끝난 날이었다. 당시는 둘 다 삼십대였다.

그날 술자리에서 나는 아버지의 그 험한 말들을 어떻게 견뎠느냐고, 나 같으면 집을 나가고 말지 못 참았을 거라고 말했다. 동생은 그때 한마디만 했다. "아버지잖아." 나는 그 말에 약간 감동받았는데, 그때도 동생의 표정은 시무룩했다.

그날 이후로 오늘이 두 번째로 동생과 술을 마시는 날이다. 따져보니 이십 년 만이다. 서로 우애 깊다고 믿지만, 우리는 생각만큼 살가운 형제는 아니다.

아버지 이야기가 끝나고는 동생의 근황을 물었다. "늘 그렇지 뭐" 하면서 동생은 길게 말하지 않았다.

"건강은 어떠냐?"

"좋아."

"당뇨 때문에 어머니가 걱정하시더라. 아버지가 평생 인슐린 주사 맞았잖냐. 넌 그 정도 아니지?"

"문제없다니까."

"됐다 그럼."

여덟 시가 넘어가도 가게에는 손님이 들지 않았다. 술집을 잘 골랐다고 생각했다. 막걸리 두 통이 넘어가자 동생의 목소리에 조금씩 취기가 번졌다. 동생의 주량이 어느 정도인지 모른다. 한 통을 먼저 마신 나는 제법 술기운이 오르고 있었다.

좀처럼 내 이야기를 꺼낼 수 없었다. "그렇지 않아도 말이야" 하고 자연스럽게 이야기가 시작되면 좋겠는데 그럴 만한 기회가 오지 않았다.

"난 누가 거짓말을 하면 다 알아."

취미, 특기, 그런 이야기를 하던 중이었다. 동생이 불쑥 말했다.

"그래? 어떻게 아는데?"

"그냥 알아. 거짓말을 하면 바로 알아."

흥미로웠다. 항상 속으로 무슨 생각을 하고 있는지 모르겠는 표정에다 타인에 대해서는 별 관심이 없는 것 같던 동생에게 그런 재주가 있다는 게 신기했다.

동생이 대학을 졸업할 때 중앙정보부에 원서를 내보려 한다고 말했던 게 기억났다. 동생하고는 어울리지 않아 보여 생각지도 말라고 만류했었다. 거짓말을 잘 알아채는 재능을 수사에 써먹을 수 있겠다고 동생은 생각했던 모양이다.

동생은 재벌 그룹인 L사에 입사했다. 그때부터 우리 가족은 보험이든 가전제품이든 L사 제품만 구매했다. 내가 한 번 S사 제품을 구매했다가 가족의 도의를 모르는 놈이라고 아버지에게 한소리를 들었다.

동생은 입사 동기 중에 가장 잘나간다고 했다. 동생이 LA 책임자로 미국에서 몇 년 살고 있을 때, 비행기표를 보내며 어머니를 초청하자 어머니는 그것을 자랑하고 싶어 당신 돈으로 친구 항공료를 대주며 친구와 함께 미국을 다녀왔다. 열흘간 할리우드를 비롯해 곳곳을 돌아다니며 동생 부부에게 대접을 잘 받았다고 했다.

동생이 생활에 여유가 있고 혼자 사시는 어머니도 잘 챙기는 것이 나로서는 큰 다행이었다.

"육사 갈 생각은 안 해봤냐?"

툭 그런 말이 나왔다. 전에는 그런 생각을 한 적이 없는데, 왠지 동생에겐 직업군인도 어울릴 것 같다는 생각이 들었다.

"그런 생각도 해본 적 있어."

"그런데?"

"아버지가 반대할 것 같았어."

아버지는 군대에서 이십여 년을 복무하고 특무상사로 전역했다. 아버지야말로 사회생활을 제대로 못한 사람이었다.

아버지는 군대 말년에 베트남 참전까지 해가며 번 돈을 사회에 나오자마자 금방 다 까먹었다. 그러고는 중년의 한 시기를 무능력한 술꾼으로 지내다가 늘그막에 아파트 경비가되어 돌아가실 때까지 일했다.

아버지 돌아가시던 때가 떠올랐다.

며칠을 계속 위에 통증이 있다 하여 어머니와 함께 동네병원에 모시고 가 흉부 촬영과 위내시경 검사를 했다. 그리고 다시 며칠 후, 검사 결과를 들으러 갔더니 의사가 아버지를 먼저 내보낸 후 어머니와 나에게만 말했다. 위암 말기라고 했다.

어머니와 나는 일단 아버지에게 병명을 감추었다. 그리고큰 병원으로 옮겨 수술 준비를 했다. 아버지는 병원을 옮기고 나자 당신의 병을 어렴풋이 알아차린 듯했다. "난 괜찮으니까 솔직하게 말해봐, 얼마나 살 수 있대냐?" 어머니가 없는 틈을 타 아버지는 초조하게 물어오곤 했다.

수술 당일, 아침 아홉 시에 수술실에 들어간다 했는데 병원에 조금 늦게 도착했다. 병실에 들어가니 아버지 침대가비어 있었다. 방금 수술실로 옮겼다는 말을 듣고는 얼른 두층 아래의 수술실로 달려 내려갔다. 이미 수술실 문은 굳게닫혀 있고 어머니 혼자 보호자 대기실에 오도카니 앉아 있었다. 내가 옆으로 가 손을 잡아드리자 어머니가 원망이 가득한 표정으로 돌아보았다.

"왜 이렇게 늦었어. 아버지가 널 얼마나 찾았는 줄 아니."

주섬주섬 몇 마디 변명을 했더니 어머니가 울먹이며 다시 말했다.

"병실에서 계속 시계만 보시면서 너 올 때 안 됐냐고 묻더라. 수술실 들어가기 직전까지도 너만 찾았다. 너 보고 들어가야 되는데, 너 보고 들어가야 되는데, 계속 그러시더라."

어머니기 조금 진정된 다음에 커피 한 잔을 뽑아드리고는 밖으로 나왔다. 벚꽃이 눈처럼 휘날리는 병원 후문 화단 턱에 앉아 담배를 물었다. 수술실 문이 열리는 순간 황급히 복도를 살펴보는 아버지가 떠올라 얼마 동안 담배 연기를 삼키지 못했다.

"넌 담배를 끊은 거냐, 원래 안 피웠냐?"

동생에게 물었다. 물으면서 괜히 미안했다. 천성이 무심하다는 어머니 말이 맞는 것 같았다.

"원래 안 했어."

"그랬구나. 나는 갈수록 더 는다."

하고 싶은 말을 드디어 꺼내려고 내가 인생의 고단함 쪽으로 화제를 돌렸을 때 동생이 먼저 말했다.

"형, 월급쟁이야말로 얼마나 고단한 줄 알아? 그건 평생 눈치 보며 사는 일이야. 잘돼서 임원까지 오르는 건 몇 명이고, 월급쟁이는 아무리 잘나가도 희망 없이 사는 일이야. 그냥 먹고살기 위해 하는 거라고."

동생이 자기 입으로 회사 생활의 어려움을 토로한 건 처음이었다. 동생은 연거푸 술잔을 들었다. 아파트, 퇴직금, 정년…… 동생의 입에서 한동안 그런 단어들이 흘러나왔다.

"그래, 오늘 우리 동생 푸념 좀 들어보자."

나는 웃으면서 동생의 손을 잡았다. 아무래도 내 이야기는 하기 힘들 것 같다는 생각이 들었다.

아내는 내가 동생을 만나러 온지 모른다. 걱정 말고 나만 믿으라는 말만 하고 올라왔다. 나는 동생의 잔을 채워주고 막걸리 한 통을 더 시켰다.

누가 먼저 말했는지 모르겠다. 동생의 처, 제수씨를 보기로 했다. 둘 다 어지간히 취해 있었다. 우리는 좀 건들거리며 가게를 나와 택시를 타고 동생의 집 근처로 갔다. 어느 술집에 들어갔고, 동생이 자기 처에게 전화를 해 형이 올라왔으니 빨리 나오라고 했다.

동생의 처와 집 밖에서 본 적이 없다. 둘이 결혼하기 전에

형으로서 한 번쯤 자리를 마련했을 법한데, 함께 술도 하면서 동생이 얼마나 괜찮은 놈인지 말해주고, 나의 제수가 될 여자는 어떤 사람인지도 미리 보아둘 만한데, 어쩌다 보니 그런 기회가 없었다. 결혼 후에야 서로 어려운 제수고 시아주버니 사이이니 긴 말을 나눈 일이 없었다.

어차피 오늘은 속 깊은 형 노릇이나 하고 말 처지인 것 같았다. 뜻밖에 제수까지 만나게 된 이 술자리, 제수가 동생에게 가지고 있을지 모를 불만이나 들어주며 무조건 이해해주는 고마운 시아주버니 노릇도 함께 하자고 마음먹었다.

"형, 있잖아……."

동생은 상기되어 있었다. 하고 싶은 말이 많은 듯했다. 동생은 자기 아내가 오면 노래방에 가자고 했다.

"노래 좋지. 오늘 한번 놀아보자."

나는 유쾌하게 맞장구쳐주었다.

일본식 어묵 전문집이었다. 따뜻하게 데워 나온 청주가 취기를 마구 어지럽혔다.

조카아이들 나이가 어떻게 되더라. 동생네가 결혼한 지 얼마나 되었지.

나는 제수가 오면 할 말들을 머릿속으로 준비했다.

얼마 후 제수가 술집으로 들어왔다. "어, 왔어!" 하면서 동생이 활짝 웃었다. 나는 일어나 정중하게 제수를 맞았다.

　눈을 떴다. 내가 어디에 있는지 알아차리기까지는 약간 시간이 걸렸다. 낯선 공기, 낯선 색채. 어제 들었던 여관이라는 것을 안 순간, 다시 눈을 감았다.

　옆방의 텔레비전 소리가 들리고, 큰길에서는 이따금 자동차 경적 소리가 날아왔다. 막막한 기분에 휩싸인 채 나는 멍하니 누워 있었다. 무언가 심하게 엉망이 돼버렸다고 직감됐지만 당장은 아무 생각도 나지 않았다.

　한참 후에 나는 손으로 바지 주머니를 더듬어 지갑을 살폈다. 그대로 있었다. 팔다리를 조금 움직여보았다. 아무렇지 않았다. 머리만 견딜 수 없이 지끈거렸다.

　나는 일어나 텔레비전 탁자 아래에 있는 작은 냉장고를 열었다. 생수통 하나가 있었다. 벌컥벌컥 생수통의 반을 비웠다. 침대에 걸터앉아 담배를 꺼냈다. 속이 쓰리고 목구멍이 까끌거려 두어 모금 빨다가 담배를 껐다.

　나는 침대에 멍하니 앉아 어젯밤을 떠올렸다.

　여관으로 돌아온 것이 기억나지 않았다. 상관없다. 만취했을 때면 간혹 있는 일이다. 잃어버린 것 없고 몸 다친 데 없으면 된다. 문제는, 제수를 만난 이후의 일이 전혀 기억에 없다는 것이다.

제수가 술집에 들어오는 것을 보고 정중하게 일어나 맞았다. 제수가 어색하게 웃으며 동생 옆자리에 앉았다. 거기가 끝이다. 마치 전원이 꺼지기라도 한 듯 거기에서 갑자기 기억이 캄캄했다. 그 술집에 얼마나 있었는지, 어떤 대화를 했는지, 노래방은 갔는지, 아무 기억도 나지 않았다.

필사적으로 기억을 떠올리자 한 장면이 보였다. 길거리 어디에선가 아내에게 전화를 하는 내 모습이다. 내가 이렇게 소리치고 있었다.

"이제 형제 관계 끝났어. 이놈 다시는 안 봐!"

아마 여관으로 돌아오는 중인 것 같다. 아니, 어디였는지 어떤 상황인지 아무것도 기억나지 않는다. 아내에게 매우 단호하게 말했다는 것만 어렴풋하게 기억났다. 그리고……이제 그만 들어가 자라고 여러 번이나 애원하듯 말하던 아내의 젖은 목소리.

무슨 일이 있었던 걸까?

포기하고 있었는데 결국 동생에게 말했는지 모른다. 그것도 제수가 있는 자리에서. 그러다가 동생과 언쟁이라도 벌인 걸까?

동생에게 돈을 좀 빌리려 했다. 이미 세 번이나 빌린 적이 있었다. 동생은 그때마다 제수에게 말하지 않고 카드 대출을 받아 빌려주었다. 마지막으로 빌린 것은 육 년 전, 오백만 원이었다. 그 정도 돈은 혼자 감당하기 힘들어 제수에게 말해야 된다고 했다.

"말해. 전에도 네가 말하기 싫다 해서 그러라 했지 나는 상관없어."

돈을 빌릴 때 나는 늘 당당했다. 누구에게 빌릴 때도 마찬가지였다. 일만 잘 풀리면 빌린 돈에 듬뿍 더 얹어서 단번에 갚겠다는 생각이었다.

오백만 원을 마련해주던 날, 동생이 처음으로 나의 일에 대해서 말했다.

"형이 발명에 매달리는 거 존중해. 형 나름대로의 도전이겠지. 근데 가장이면 생활 문제는 해결하면서 살아야 되지 않아?"

"그런 말은 처음부터 하든가, 아니면 끝까지 하지 마라. 다시 너에게 돈 빌릴 일은 없을 거다."

나는 화를 내며 돌아섰다. 그런데 이번에 다시 돈을 빌리러 올라왔다. 서울에 올라올 때부터 나는 기가 꺾여 있었다. 언젠가부터 돈 이야기를 꺼내는 것에 당당함이 사라졌다. 멋진 발명을 성공시켜 한 번에 모든 문제를 해결하게 될 것이라는 기대를 포기하고 나자, 내 인생에 명분이 없었다. 꼭 갚는다는 자신감도 없이 돈을 빌린다는 것, 주변에 민폐 끼치며 살아가는 인생이 되고 말았다는 것, 자괴감이 컸다.

어젯밤엔 대체 무슨 일이 있었던 걸까. 동생 부부와 젊었을 때 못 해본 유쾌한 추억이나 하나 만들려고 했는데, 자격지심으로 동생을 무리하게 윽박지르기라도 한 건지, 혹시 제수에게마저 구차한 모습을 보이진 않았는지.

몇 번이나 질끈 눈이 감겼다. 견딜 수 없이 비참하고 초조했다.

아내는 지금 어떤 마음으로 있을까. 이렇게 못난 사내를 남편이라고……

나는 일어나 냉장고로 갔다. 생수 남은 것을 한꺼번에 다 들이켰다. 그리고 욕실로 들어가 욕조에 뜨거운 물을 받았다. 물이 차기를 기다리며 나는 혼란스럽게 튀어 오르는 상념들을 일단 끊었다.

욕조에 따뜻한 물이 가득 채워졌다. 나는 옷을 벗고 욕조에 들어가 누웠다. 눈을 감고 심호흡을 했다.

아버지 생각이 났다.

내가 중학생 때일 것이다. 그러니까 아버지 나이는 사십대 초반이다. 당시 아버지는 베트남 파병군으로 벌어온 돈을 경험 없는 장사로 다 까먹고 실업자로 지내면서 거의 매일 만취해 돌아왔다. 골목 저 끝에서 아버지 노랫소리가 들리기 시작하면 집안에 비상이 걸렸다. 어머니는 깨질 만한 것들을 얼른 구석에 감추고 동생과 나는 부리나케 이불을 깔고 누웠다. 소용없는 일이었다. 아버지는 집에 들어서자마자 어머니를 괴롭히기 시작하고 마침내 벌컥 우리가 누운 방문을 열고 들어와 이불을 걷어 젖혔다. 우리는 벌벌 떨면서 무릎을 꿇은 채로 몇 시간이고 아버지의 호통 섞인 잔소리를 들었다.

제발 아버지와 이혼해달라고 나는 몇 번이나 어머니에게 졸랐다. 당신보다 훨씬 나이 많은 동네 늙은이들에 섞여 복덕방 한 귀퉁이에서 화투를 치던 아버지를 나는 경멸했다. 어머니는 당신도 지쳤다면서 곧 이혼할 것이니 조금만 참으라고 우리 형제를 달랬다. 하지만 어머니의 다짐은 매일 번복되었다. 술에서 깬 이튿날 아침이면 아버지가 오전 내내 어머니의 지청구를 묵묵히 들으며 다시는 술을 마시지 않겠노라 약속했기 때문이다.

내가 군 입대를 앞두고 있을 때다. 기억이 맞다면 아버지는 딱 쉰 살이다. 그해 초가을 어느 날부터 아버지와 나는 저녁에 어느 빌딩으로 출근하여 열두 시간 동안 심야 노가다를 뛰었다.

소음과 먼지 때문에 빌딩 직원들이 모두 퇴근한 다음 시작하여 다음 날 박명이 터올 때까지 수백 평의 공간을 헐어내는 일이었다. 마스크를 하고, 실장갑을 세 개씩 겹쳐 끼고, 작업복을 꽉 여민 상태에서 밤새 해머를 두들겨댔다. 크게 위험할 건 없지만 밤새 일하고 나면 온몸에 못이나 유리 조각 따위에 긁힌 생채기가 여러 군데였고, 작업이 끝나면 아무 데나 쓰러져 잠들고 싶을 만큼 피로가 걱심했다.

그렇게 일을 끝내고 걸어 나오면 도심의 새벽 거리는 인적 없이 이슬 섞인 부연 기운에 싸여 있고, 아직 꺼지지 않은 가로등 불빛이 희멀겋게 거리를 비추고 있었다. 인류 종말을 다룬 SF 영화의 한 장면처럼 모든 것이 비현실적으로 보였다. 정류장에 오솔오솔 떨며 서 있다가 첫 버스에 오르면 차에는 승객이 하나도 없거나 한두 명이 까닥거리며 졸고 있다. 아버지와 나도 자리에 앉자마자 졸기 시작한다. 버스는 텅 빈 도로를 신호등도 무시한 채 빠르게 달려간다.

집에 도착하면 어머니는 이미 이불을 깔아놓고 따뜻한 밥상을 준비해놓고 있었다. 아버지와 나는 허겁지겁 밥을 먹고는 곧장 이불 속으로 파고들었다.

그런 생활을 석 달 가까이 하루도 거르지 않고 계속하였다. 그러던 어느 날이다. 여느 때처럼 묵묵히 새벽길을 걸어 텅 빈 버스에 올랐는데, 앉자마자 눈을 감는 나에게 아버지가 모처럼 말을 건넸다. 축축이 가라앉은 목소리였다.

"힘들지? 조금만 참자. 우리가 이렇게 일하면 네 동생 이번 등록금은 걱정 안 해도 될 거다."

아버지는 곧 계면쩍은 얼굴을 버스 정면으로 돌렸다. 나는 멀뚱하니 아버지의 등을 바라보았다. 어떤, 매우 불편하고 싫은, 확 걷어내고 싶은 질척한 기운이 내 몸을 타고 올랐다. 나는 버럭 소리라도 지르고 싶을 만큼 화가 치밀었다. 왜 그랬을까? 빈틈없이 신파적인 아버지의 말이 나의 무엇인가를 건드렸다. 한참 후에 힐끗 바라보니 아버지는 이미 잠들어 있었다. 나는 창밖의 적막한 새벽 거리를 내다보며 내 안의 서걱거리는 감정을 밀어내려 애를 썼다.

"나는 죽으면 국립묘지에 묻히게 되니 장례 걱정 안 해도 돼. 그리고 나 죽어도 니 엄마 살아 있는 동안은 연금이 오십 프로는 나온다."

그 무렵 아버지는 종종 그런 말을 했다. 참 대단한 것 남기신다고, 나는 아버지의 생색을 시시하게 여겼다.

전쟁터에서 번 돈 다 날리고, 아이들은 커가고, 새 직업

얻을 기술이나 별다른 지식도 없고, 아버지는 막막했을 것이다. 이따금, 아버지가 수술실에 들어가면서 나를 애타게 찾은 이유가 궁금해졌다. 아버지는 그때 무슨 말을 하고 싶었을까?

몇 해 지난 어느 날 어머니에게 그 이야기를 했다. 모처럼 집에 찾아온 나에게 점심상을 차려주고 어머니는 걸레로 방바닥을 훔치고 있었다. 아버지가 나에게 하고 싶었던 말이 무엇이었을지 궁금하다고 하자 어머니는 걸레질을 계속하며 대수롭지 않게 말했다.

"엄마를 부탁한다는 말이었겠지 뭐."

뒤통수를 맞은 기분이었다.

어젯밤, 빈대떡집에서 나와 제수를 보러 택시를 타고 갈 때 동생이 아버지가 근무했던 아파트 이름을 아느냐고 물었다.

"몰라. 언젯 적 일인데……."

동생이 아파트 이름을 말했다. 자기는 그 아파트에 가본 적도 있다고 했다.

"그래?"

"회사에서 늦게까지 회식하다 취한 날, 몇 번 가봤어."

"몇 번씩이나?"

"응. 아버지가 일하던 동의 경비실을 바라보곤 했어."

"아버지가 일한 동까지 기억하냐?"

"난 한 번 들은 건 다 기억해."

"왜 갔는데?"

"얼마 전에도 갔었어. 아파트가 아직도 있거든. 보고 있으면 말이야, 꼭 아버지가 거기 앉아 있는 것 같아. 경비 모자 쓰고 경비 옷 입은 사람은 다 비슷해 뵈니까."

"보면서 무슨 생각하는데?"

"그냥 봐. 아버지가 저기서 일하셨구나 하고."

"너처럼?"

"나처럼?"

"응. 가장의 도의를 아는 사람들이잖아."

"말이 왜 그래?"

"잘했다는 얘기야. 나도 가봐야겠다. 몇 동이야?"

"백십일 동."

"기억하기 좋구나."

어제 정말 무슨 일이 있었던 걸까?

동생을 만나 물어볼까 생각하다 나는 세차게 고개를 저었다. 그것이야말로 더없이 초라한 마지막 장면이 될 것이다.

다른 것을 기억해야 했다.

아내와 전화를 하던 때 나의 단호한 어조, 아주 홀가분했던 마음, 나는 그것에 집중했다. 그것만은 분명히 기억났다. 내가 그때 도도하게 부풀어 있었다는 것. 나는 그때 일체의 두려움 없이, 일말의 미심쩍음도 없이, 어떤 강렬하고도 낙관적인 용기에 휩싸여 나 자신을 결연히 믿고 있었다.

그때의 마음을 되살려야 했다. 섬광처럼 스쳐간 그때의 도도한 감정을 다시 일으켜야 했다. 그 턱없는 오만을 다시 불러내야 했다. 그러지 않으면 집에 돌아가지 못할 것 같았다.

어떤 유머를 생각했다. 매일 밤 만취해서 귀가하던 사람이 어느 날 각성하여 맨정신으로 처음 집에 가는데 집을 찾을 수가 없었다. 결국 다시 술을 마시고 나서야 집을 찾아갈 수 있었다는 이야기.

술을 마셔야겠다고 생각했다. 취해서 괜한 자신감이 들었던 게 아니라 어젯밤 나는 내가 놓치고 있던 무언가를 가슴으로 만났을 것이다. 그 열기로 한껏 도도할 수 있었으리라. 그것을 기억해내야 했다.

나는 후다닥 욕조에서 나왔다. 시계를 보니 정오가 돼가고 있었다. 나는 여관을 나와 근처 슈퍼에서 소주 한 병을 샀다. 소주병이 든 비닐봉지를 들고 방으로 돌아가는데 카운터에 앉아 있던 주인 여자가 "저기요" 하고 불렀다.

"열두 시엔 방 비워주셔야 되는데요."

"금방 나갈게요."

나는 소주가 안 보이게 비닐봉지 입구를 틀어쥐었다.

이층으로 올라가려는데 계단 옆 벽에 큰 거울이 보였다. 오십 중반의 남자가 소주병이 든 비닐봉지를 들고 초췌한 얼굴로 나를 보고 있었다. 나는 우두커니 거울 속의 남자를 보았다. 어느 날의 아버지 얼굴이 보였다.

"죄송해요, 아버지."

나는 거울을 보며 말했다.

"저기요" 하고 등 뒤에서 카운터 아주머니가 다시 불렀다.

"열두 시 지나면 추가 요금 내야 돼요."

"네."

나는 천천히 계단을 올라갔다.

3

"신분증 좀 보여주시겠어요?"

담배를 건네려다 말고 손님에게 말했다. 분리수거함을 청소하던 중이라 얼른 계산대로 와 담배부터 집어 들었는데 얼굴을 보니 미성년자 같았다.

"안 갖고 왔는데요. 급히 나오느라……."

"신분증 없으면 안 되겠네요."

"저 구칠년생이에요. 저기 밖에 차 보이지요? 내가 타고 온 거예요."

차를 가지고 있을 정도니 미성년자이겠느냐? 그런 뜻 같았다.

"죄송합니다. 번거롭더라도 신분증 갖고 다시 오시지요."

"아이 참, 어떻게 안 돼요? 언제 다시 갔다 와요?"

"죄송합니다."

나는 담배를 진열대에 도로 집어넣었다.

눈빛에 짜증스러움과 난감함, 한 번 더 요구해볼까 하는 머뭇거림이 교차하던 손님이 이윽고 체념한 듯 돌아섰다. 나는 그가 차에 올라 떠날 때까지 바라보았다. 운전 솜씨를 가늠해보려는 것이었는데 딱히 서툴러 보이지는 않았다. 어쨌거나 본인 차는 아닐 것이다.

미성년자에게 담배를 팔았다가 적발되면 벌금 백만 원에 담배 소매인 자격이 이 개월간 정지된다. 벌금도 적은 금액이 아니지만 편의점에서 담배를 이 개월이나 못 팔게 되면 손해가 막심하다. 일이 꼬이면 자칫 문 닫을 수도 있다.

요즘 청소년들은 체구나 얼굴만으로 나이를 짐작하기가 쉽지 않다. 그러나 미성년자는 신분증을 요구했을 때 반응하는 태도로 대강 알 수가 있다. 미성년자는 담배 이름을 말하기 전부터 어딘지 우물쭈물하는 기색을 보인다. 혹은 부자연스럽게 당당해서 오히려 티가 난다. 그렇다 해도 다 걸러내진 못한다. 지키려는 사람보다 달아나는 사람이 언제나 더 빠르다. 당했구나! 뒤늦게 알아차린 적이 몇 번 있다.

나는 분리수거함 청소를 마저 끝냈다. 초저녁부터 하늘에 먹구름이 가득했는데 비는 아직 내리지 않고 있다. 하지만 금방이라도 쏟아질 듯 바람에 물기가 가득하다. 습도가 높아서인지 유난히 하루살이가 많다. 유리창에, 벽에, 천장에 하얗게 붙어 있다. 바닥 곳곳에도 손님들의 발에 밟혀 죽은 하루살이들이 거뭇거뭇 보기 흉하게 널려 있다.

동틀 무렵이면 수명이 다해 떨어져 죽은 하루살이가 매장 바닥과 진열대 곳곳에 어지러이 널린다. 손님들이 몰려오기 전에 한 차례 청소를 한다. 비질을 하다 보면 아직 죽지 않은 몇 마리가 먼지 날리듯 하늘하늘 날아오른다.

"어서 오세요."

여자 손님 둘이 들어왔다. 엄마와 딸 같았다. 모녀는 출입문 앞에 서서 몇 마디 말을 나누더니 각자 다른 진열대로 갈라져 물건을 골랐다. 오고 가고 오고 가고, 그들은 서로 몇 번이나 마주쳐 지나가며 각자 열심히 진열대를 탐색했다. 한참 후에 양손 가득 이것저것 챙겨 든 모녀가 계산대로 와 손에 든 것을 우르르 내려놓았다. 봉지 과자, 초콜릿, 비스킷, 아이스크림, 삼각김밥, 컵라면, 캔 음료, 냉동 만두, 포장 순대 등이었다.

"이만 천삼백 원입니다."

바코드를 찍어 총금액을 불러주자 모녀가 서로 마주 보았다.

"이거는 빼자."

"아니, 그거 말고 이걸 빼."

두 사람은 냉동 만두 하나를 빼기로 합의했다.

나는 다시 계산했다.

"만 팔천팔백 원입니다."

내 말에 딸이 계산대 아래에 있던 츄파춥스 다섯 개를 집어 물건에 얹었다. 다시 계산했다.

"만 구천팔백 원입니다."

모녀가 마주 보며 고개를 끄덕였다. 곧이어 엄마가 손지갑을 열고 만 원 지폐 두 장을 꺼냈다. 돈을 받고 이백 원을 거슬러주었다. 물건을 담은 봉지는 딸이 들고, 엄마는 동전 두 개를 손지갑에 집어넣었다. 모녀는 흐뭇한 표정으로 편의점을 나갔다.

비가 내리기 시작한다. 오늘부터 장마라고 했다. 빗줄기는 순식간에 굵어져 어두운 아스팔트를 흥건하게 적셨다. 차 한 대가 달려갈 때마다 바퀴 네 개에서 빗물이 분수처럼 튀어 올랐다.

나는 밖으로 나가 빗줄기 사이로 우리 집을 바라보았다. 안방에 불이 꺼져 있었다. 아내는 요즘 잠이 많아졌다. 전에는 나처럼 야행성이어서 일찍 잠자리에 드는 적이 별로 없었는데 요즘엔 많이 피곤해했다.

나는 가게로 돌아와 빈 박스들을 뜯어 실내 바닥에 깔았다. 젖은 신발에 바닥이 더러워지지 않도록 비 오는 날이면 늘 하는 일이다. 비가 이처럼 쏟아지니 오늘 밤은 손님이 뜸할 것이다.

나는 책을 꺼내 펼쳤다. 어느 독일 작가의 여행기였다. 책의 전반부는 여행에서 돌아와 쓴 글이고 후반부는 여행 중에 쓴 일기를 그대로 수록했는데, 묘사와 사색이 빼어난 전반부보다 단조롭게 써나간 후반부가 더 인상적이었다. 있었던 그대로를 기록한 글이라 읽다 보면 장면들이 눈앞에 선히 그려졌다.

1911년 9월 14일에 작가는 이렇게 썼다.

승선한 지 벌써 일주일째. 홍해는 역시 그 명성에 걸맞다. 진짜 더움. 이른 아침 체조. 오전엔 식물학자 부부와 갑판에 있었다. 점점 더워지고 바다는 잔잔해짐. 설사를 해서 저녁에 붉은 포도주를 실컷 마심. 정장 차림이라 견딜 수 없을 만큼 더움. 밤에는 델브뤼 양과 오래도록 후갑판에 머물렀다. 찬란한 은하수. 자정에 슈투르체네거와 석유발굴가와 함께 위스키를 마셨다. 석유쟁이는 루마니아와 인도 원숭이에 관한 이야기를 들려주었다. 의기양양하던 원숭이가 자기 총을 맞고는 꼭 인간처럼 소리를 지르며 떨어지기 전까지 손으로 나뭇가지를 꽉 붙들고 있더라는 그렇고 그런 애기들이었다.

백 년 전, 1911년 9월 14일에 한 여객선이 수에즈 운하를 통해 홍해를 지나간다. 그 배에는 한 소설가 남자와 식물학자 부부와 석유발굴가와 슈투르체네거라는 이름의 남자와 델브뤽이라는 이름의 여성이 타고 있다. 이날은 몹시 더웠으나 바다는 잔잔했고 밤하늘에는 찬란한 은하수가 보였다. 소설가 남자는 이날 설사를 했고 포도주를 많이 마셨다. 석유발굴가 남자는 위스키를 마시면서 자기가 쏜 총에 맞은 원숭이가 인간처럼 비명을 지르더라는 이야기를 했다.

1911년 9월 14일 목요일에 이 사람들은 지구에 존재했다. 설사를 하고 더위를 느끼고, 그렇고 그런 애기를 하며 인생을 살았다. 지금은 지구에 없다. 어디로 갔을까?

책을 덮고 밖을 내다보았다. 장대비가 줄기차게 쏟아지고 있었다.

"어디로 갔을까?" 뉴스에서 누군가 죽었다는 부고 기사가 나올 때면 아내가 하던 말이다. 마치 오래 알고 지내던 사람을 보내기라도 한 양 아내는 "갔구나…… 다들 가네" 하고 말하곤 했다. 그런 다음엔 꼭 "어디로 갔을까?" 하고 아슴하게 말했다.

창밖을 보았다. 빗속으로 무성하게 푸른 은행나무가 눈에 들어왔다. 지난봄에 무참하다 싶게 가지들을 잘라낸 가로수다. 그때 모습으로는 전혀 살아나지 못할 것처럼 휑하니 전봇대 같기만 하더니 어느새 푸르고 여린 가지들이 곳곳에서 돋아나고 잎이 무성해졌다.

비는 밤새도록 올 것 같다. 이처럼 비가 많이 오는 날이면 그날이 떠오른다. 먹고사는 문제를 처음으로 진지하게 고민했던 날이다.

*

세수를 하러 욕실에 들어가다가 전화를 받았다. 잠자리에서 일어난 지 얼마 안 되어 조금 몽롱할 때였다. "집주인 친척인데요……" 하는 낯선 목소리를 들으며 나는 얼른 담배부터 꺼냈다. 남자는 이사 문제를 상의하고 싶다면서 나에게 언제 집에 있느냐고 물었다. 늘 집에 있다고 하자 오늘 바로 만나고 싶다고 했다. 오후 네 시쯤 도착할 수 있다고 시간까지 구체적으로 말했다. 나는 기다리겠다고 했다.

세수를 하고 나와 다른 전화를 또 받았다. 서울에 사는 고등학교 동창이었다. 동창들 넷이 여름휴가를 맞아 강가에 놀러 가는데, 내가 사는 곳에서 멀지 않은 것 같으니 오랜만에 얼굴이나 보자고 했다.

"오늘?"

"응, 점심 먹고 출발할 거니까 해 지기 전에 도착할 거야."

"미리 연락했어야지. 그 시간에 일 있을 것 같은데."

"서로 날짜 맞추다 보니 우리도 갑자기 정했어. 텐트 치고 일박할 거니까 늦더라도 와라. 나는 몰라도 다른 애들은 졸업 후 처음 아니냐."

"알았어. 다시 통화하자."

나는 간다 못 간다 확실한 언질 없이 통화를 마쳤다.

아침 준비를 하는 아내를 멀거니 바라보다가 마당으로 나갔다. 며칠 계속된 장맛비로 잡풀이 무성했다. 호미를 찾아 들었지만 일이 손에 잡히지 않았다. 담배를 꺼내 물었다. 식전부터 벌써 두 대째였다. 하루 한 갑이던 담배를 반으로 줄이자고 결심한 것이 사흘 전이다. 나는 입에 문 담배를 만지작거리다가 도로 집어넣었다.

동창들을 떠올려보았다. 전화를 걸어온 친구 말고 다른 세 명은 학교 다닐 때 친했던 아이들은 아니다. 그러나 얼굴은 모두 기억이 났다.

공업고등학교 중에서도 하류로 치던 학교였다. 대학을 포기하고 들어간 공고였는데 전공으로 선택한 전기과가 적성에 맞지 않았다. 다른 과었어도 마찬가지였을 것이다. 기술 쪽이 나에게 맞지 않는다는 것을 입학한 지 한 달 만에 알았다. 졸업할 때까지 내내 겉돌면서 장래 꿈이란 게 딱히 없이 학창 시절을 보냈다. 천성이 기술자다 싶게 공고와 딱 맞아 보이는 몇 명을 제외하곤 다른 아이들도 크게 다르지 않았다. 집안이 어렵거나 성적이 안 좋아 공고에 온 것이지 기술 배우는 게 꿈들은 아니었다.

그 학교는 한 가지 특이한 게 있었다. 한 반에 육십 명 안팎이 일반이던 시절에 반 인원이 삼십삼 명에 불과했다. 외국의 차관을 받아 설립된 학교라 학급 편성도 외국 학제에 맞춘 것이라 했다. 게다가 전기과는 한 반뿐이어서 삼십삼 명 모두 반 갈림 없이 삼 년을 함께 보냈다. 그러다 보니 친하고 덜 친하고 상관없이 동창들에겐 모종의 연대감이 있었다. 졸업한 지 수십 년이 지났는데 지금도 이름만 들으면 그 아이의 번호가 기억난다.

어떻게들 변했을지 한 번쯤 보고 싶기는 했다. 그러나 이사 문제로 마음이 어수선해 내키지가 않았다.

"밥 먹어요."

아내가 창문을 열고 말했다.

나는 아내를 향해 공연히 호미를 번쩍 들어 올렸다.

마당에서 잡초를 뽑고 있는데 승용차 한 대가 집 앞에 서는 것이 보였다. 한 남자가 차에서 내리더니 곧장 우리 집 대문으로 걸어왔다. 나는 호미를 내려놓고 허리를 폈다.

남자가 초인종을 눌렀다. 초인종은 며칠 전부터 고장이 나 있어 집 안에 있는 아내는 듣지 못할 것이다. 나는 잠시 시간을 끌면서 아침에 전화 받고 난 후 생각했던 것을 머릿속으로 정리했다. 남자가 네다섯 번쯤 초인종을 눌렀을 때 나는 면장갑을 벗으며 대문으로 걸어갔다. 방문객은 대문 위로 고개를 들며 자기가 아침에 전화한 그 사람이라는 표정으로 싱긋 웃었다. 내가 대문을 열어주자 방문객은 허리까지 숙이며 정중하게 손을 내밀었다.

"안녕하세요, 아침에 전화했던 사람입니다."

큰 키에 마른 몸매였고, 나보다 몇 살 많아 보였다. 남자의 웃는 표정은 비굴해 보일 만치 과하게 헤펐다. 부탁하러 온 입장이라고 해도 너무 저자세였다. 상대하기 쉬운 사람이 아니겠다는 생각이 들었다.

나는 남자를 데리고 집 안으로 들어갔다. 다림질을 하고 있던 아내는 함께 들어온 사람이 누구인지 짐작 가는 듯 말없이 커피포트에 물을 올렸다.

남자는 내가 권한 식탁 의자에 앉으면서 명함부터 꺼냈다. '삼진부동산'이라 적혀 있었다.

"전화로 말씀드렸듯이 집주인이 제 사촌 동생입니다. 동생이 이 집을 살 때도 제가 주선했고, 이번에 팔 때도 제가 팔아줬지요."

"파시기 전에 저희에게 말씀해주셨어야지요. 이사 온 지 석 달밖에 안 됐는데 당황스러웠습니다."

"아이고 죄송합니다. 충분히 이해합니다. 처음부터 팔 생각은 아니었어요. 그랬다면 전세를 놨겠어요? 동생도 좋은 세입자가 들어온 것 같다고 오래 사셨으면 했는데, 하고 있던 사업이 잘 안돼서 갑자기 내놓게 됐어요. 미리 말씀드리지 못한 건 정말 죄송합니다. 그리고 전화하면서 동생이 언성을 좀 높였다고 하던데 제가 대신 사과드립니다. 돈은 급한데 집이 금방 안 나가서 걱정하던 차에 사겠다는 사람이 나와서 마음이 급했던 모양입니다. 양해해주십시오."

남자는 아내가 커피를 갖고 오자 벌떡 일어나 공손하게 커피잔을 받았다.

"동생하고 어디까지 얘기가 되셨지요?"

커피를 한 모금 마시고 나서 남자가 물었다.

"동생 분에게 말씀 안 듣고 오셨어요?"

"아, 물론 들었지요. 일단 현재까지 얘기된 걸 정확히 확인해보느라고요."

"현재까지 얘기된 거 없습니다. 동생 분께서 집이 팔렸다고 일방적으로 말씀하셨고, 전 계약 기간까지 있고 싶다고 했어요. 그것뿐입니다."

"동생 얘기론 이사 비용으로 이백오십만 원 드린다고 했다던데……."

"그러시대요."

나는 짧게 말했다. 전후 사정을 자세히 알고 왔을 남자에게 그간의 상황을 되풀이하는 게 번거로웠다.

"이백오십만 원이 충분하시진 않겠지요. 이해합니다."

처음 대문에 들어설 때처럼 남자의 목소리는 지나치게 싹싹했다.

"충분하고 안 하고 그런 거 없어요. 그냥 계약 기간대로 살고 싶을 뿐입니다."

"아, 그러시겠지요. 아무튼 정말 죄송하게 됐습니다."

나는 말없이 커피를 마셨다. 아내는 이쪽은 보지 않고 다림질만 하고 있었다.

"그럼 이사 비용으로 얼마 정도 생각하고 계신가요?"

남자가 부드럽게 물었다.

"이사 비용 더 받으려고 그러는 거 아닙니다."

"아, 물론 그러시겠지요. 그냥 여쭤보는 겁니다. 제가 모든 걸 위임받아 왔으니까 일단 선생님 생각을 알고 싶어서요."

"제 생각은 이미 말씀드렸잖아요. 그냥 여기에서 계속 살고 싶다고요."

"네, 그러셨지요. 그래서 제가 이렇게 부탁드리러 온 거 아니겠습니까. 말씀 나눠보니끼 무척 점잖으신 분 같아서 저도 다행이네요. 이런 경우에 가끔 터무니없는 말을 하는 사람들도 있거든요."

"터무니없는 말이라면 어떤 건가요?"

"아 뭐 그렇다는 거지요. 어쨌든 선생님도 저희 사정을 이해해주시는 것 같아서 솔직히 물어보는 겁니다. 이사 비용을 어느 정도 생각하고 계세요?"

"제가 여쭤보고 싶네요. 이사한다는 게 단순히 비용의 문제가 아니잖아요. 선생님께서는 전세 들어온 지 석 달 만에 집이 팔렸다고 나가달라고 하면 얼마를 받아야 손해가 없다고 생각하시겠어요?"

"하하, 사실 쉬운 문제 아니지요. 저야 뭐 최대한 선생님

뜻을 존중할 생각입니다. 다만 제 동생도 집을 급하게 파느라 시가도 제대로 못 받았고, 돈 받아봐야 사업 구멍 메꾸느라 다 들어가야 돼서 이해 좀 해주십사 하는 겁니다. 얼마를 생각하고 계신지 말씀 주시면 최대한 반영하도록 해보겠습니다."

"생각 안 해봤어요. 이제야 집안 정리가 좀 된 상태인데 나가달라니 막막하네요."

"그럼 이렇게 하시면 어떨까요?"

남자가 커피잔을 옆으로 치웠다.

"사실 동생은 이백오십 이상은 절대 안 된다고 했는데요, 제가 백만 원 더 얹어드리겠습니다. 그것도 충분한 보상은 안 되겠지만 사정 좀 봐주시면 고맙겠습니다. 사람이란 게 언제 어디서 또 만날지 모르고, 이것도 인연인데 서로 좋게 헤어져야 되지 않겠어요."

말끝에 남자의 목소리가 살짝 치켜 올라갔다. 나는 남자의 눈을 똑바로 바라보았다. 남자가 얼른 환하게 웃었다.

"뭐 다른 뜻은 없구요. 제 동생도 그렇고 선생님 입장도 이해되고, 저야 뭐 양쪽이 큰 손해 없이 원만하게 일이 해결되기만 바라는 거지요. 요즘 세상에 집주인이라고 다 힘 있는 거 아니잖아요. 사정 좀 이해해주세요."

"제가 사정하고 싶네요."

나는 커피 한 모금을 마시고 나서 남자처럼 잔을 옆으로 치웠다.

"오지랖일지 모르지만 제 생각에는요, 집 팔아서 사업에 투자하는 분들 나중에는 다 후회하시더라고요. 웬만하면 집 팔지 말자고 동생 분을 설득해보시면 어때요?"

"선생님 말씀이 맞습니다. 근데 이미 사겠다는 사람과 매매계약을 해서 물리긴 힘들고요, 백만 원 더 올린 것도 동생이 알면 저를 원망할 거예요. 동생보다도 정말 제 사정 좀 봐주십시오. 오죽하면 제가 이렇게 서울에서 여기까지 찾아왔겠어요."

"자꾸 사정을 봐달라니 난감하네요. 이사 비용 흥정하는 것처럼 보일까 봐 제 사정은 하나도 말하지 않았는데요, 동생 분에게 들으면 아시겠지만 이 집 전세 계약할 때 제가 그랬어요, 나중에 저희가 이 집을 살 수도 있다고요. 당장은 돈이 없지만 그럴 계획으로 여기에 이사 왔습니다. 그래서 여길 우리 집이다 생각하고…… 보세요, 저기 마당에 우리 돈 들여서 수돗가랑 연탄광 새로 만들고, 옥상에 묵은 때 다 벗겨내 방수 처리하고, 보시는 것처럼 대문 페인트도 집 사람하고 둘이 새로 칠했어요. 제가 부탁합니다. 저희 그냥 여기서 계속 살면 안 될까요?"

"그러셨군요. 정말 죄송합니다. 그러면요 선생님, 제가 선생님 사정을 다 이해하기 때문에 그런데요, 제가 동생한테 욕먹을 각오하고 사백까지 맞춰드리겠습니다. 사백이면 솔직히 적은 돈은 아니잖아요? 이사비로 백만 원 잡아도 삼백은 남는 건데, 서로 그렇게 한 발씩 양보해서 해결하도록 하지요."

휴우, 나는 짧게 한숨을 쉬었다.

"선생님, 여기까지 내려오시게 해서 죄송한데요……"

"무슨 말씀을요, 제가 죄송하지요."

"저희가 꼭 나가야 된다면 육백만 원 주세요. 다른 얘기 말고 이 금액이 되는지 안 되는지만 말씀해주세요. 아니면 저희는 계약 기간 동안 살겠습니다."

남자는 잠시 말이 없었다. 나는 남자에게서 받은 명함을 집어 들어 주머니에 넣었다. 남자가 다림질하고 있는 아내 쪽으로 고개를 한 번 돌렸다가 입을 열었다.

"알겠습니다. 거기까지는 제가 결정할 수 있는 선을 넘어서요. 올라가서 동생과 상의하고 연락드리지요."

"그러세요."

"동생이 그 금액을 받아들이면 집은 바로 비워주셔야 합니다."

남자가 나의 눈을 똑바로 쳐다보며 말했다.

"그래야지요."

나도 남자의 눈을 똑바로 쳐다보았다.

"그럼 올라가서 연락드리겠습니다."

남자가 자리에서 일어나며 정중하게 손을 내밀었다. 나는 남자와 악수를 나누었다. 대문으로 걸어가면서 남자는 마당을 휘둘러보았다.

"사는 게 참 쉬운 일이 없어요."

차에 오르기 전에 남자가 씩 웃으며 말했다.

남자를 보내고 집 안으로 들어가자 아내가 다가왔다.

"고생했어요. 얘기하느라 힘들었지?"

"생각보단 뭐."

그랬다. 걱정했던 데에 비하면 할 말을 어느 정도는 한 것 같았다. 다만 대화하는 내내 방심하지 않으려고 긴장한 탓인지 갑자기 피곤이 몰려왔다.

남자의 태도를 보니 내가 제시한 육백만 원은 받아들여질 것 같았다. 아침에 남자의 전화를 받았을 때부터 무거웠던 마음이 조금은 홀가분했다.

그렇다고 해봐야 이사 비용 협상이 간신히 끝났을 뿐이다. 끝난 건지 아닌지도 확실하진 않다. 아무튼 집을 비워주겠다 했으니 이제부터는 이사 갈 집을 알아봐야 할 것이다. 겨우 자리 잡아가는 짐들을 다시 꾸리면서 곳곳을 돌아다닐 일이 벌써부터 지치게 했다.

나는 다시 마당으로 나가 잡풀을 뽑았다. 이사 가는 게 확정되고 보니 아무래도 일에 흥이 나지 않았다. 그래도 부지런히 손을 움직였다. 떠날 집이라고 놔두고 있으면 마음이 더 심란할 것 같았다.

"한낮에는 일하지 말라니까. 농부도 이런 시간에는 밭에 안 나가요."

아내가 매실차를 갖고 나왔다.

"시작한 건 끝내야지."

나는 매실차를 들고 수돗가 옆 평상으로 가 아내와 나란히 앉았다.

"이사 갈 집에 마당이 없으면 이건 어떡하나……"

아내가 평상의 비닐 장판을 손으로 쓸면서 중얼거렸다.

나는 평상 만들던 날을 떠올렸다. 마당이 넓은 집으로 이사 오자 평상을 놓고 싶었다. 앉아만 있어도 땀이 줄줄 흐르는 날에 아내와 함께 평상을 만들었다. 처음엔 니스 칠로만 마감했다가 장마를 겪고 나서 비닐 장판을 사다 씌웠다. 남자에게 말한 육백만 원에는 평상에 들어간 목재와 비닐 장판 값도 들어 있다. 일일이 그렇게 계산했던 건 아니다. 계산하기로 하면 포함시키지 않은 것들이 더 많을 것이다.

집이 팔렸다면서 이사비 물어줄 테니 나가달라는 말을 집주인에게 처음 들었을 때 나는 이사 비용에 대해서는 생각도 하지 않았다. 천만 원을 준대도 이사 가고 싶지 않았다. 정신적 위자료라는 게 이럴 때 쓰는 말이겠구나 싶었다. 살았던 기간이야 얼마 안 되지만 우리가 이 집에 주었던 마음과 손길은 돈으로 계산할 수 없는 것이었다.

이 집에 이사 오면서 아내는 된장을 담글 거라고 말했다. 정성껏 담가 지인들과 나눠 먹고 싶다고 했다.

"된장 꼭 담가. 여기가 우리 집이 될 거야."

아내의 말에 나는 호기롭게 장담했다. 꼭 그렇게 하고 싶었다.

지금 개발 중인 개인 휴대용 낙하산만 제대로 완성된다면 아내에게 한 말을 지킬 수 있다. 버튼 하나만 누르면 순식간에 역추력이 발생하여 서서히 낙하할 수 있는 장치인데, 높은 공사장에서 일하거나 산악 등반하는 사람들이 허리에 간편하게 착용할 수 있도록 만들려고 한다. 내년 여름까지는 시제품을 내놓을 자신이 있다. 물론 실패할 수도 있다. 버튼 하나로 순간적 역추력이 생기게 하는 게 쉬운 일은 아니다. 지난 몇 년간 다섯 번이나 실패했다.

"오늘 고등학교 동창 모임 있다고 했지요?"

아내가 나를 보며 물었다.

"안 가도 돼."

나는 시들하게 대답했다.

"오랜만에 보는 친구들이라면서요?"

"졸업하고 처음 보는 애도 있으니까."

"얼마 만인 거예요?"

"삼십 년 넘지."

나는 얼음이 들어 있는 매실차를 몇 번 휘저어 단숨에 들이켰다.

"갔다 와요. 이사비 문제도 해결됐잖아."

"해결은 무슨……."

"육백만 원 받잖아요. 당신 그런 거 잘 못하는 줄 알았는데 오늘 보니 든든하더라."

아내가 엄지손가락을 세워 보이며 미소 지었다.

"민망하네요, 여사님."

"다 잊고 친구들 만나고 와요. 풀은 그만 뽑고."

아내가 쟁반을 들고 일어났다.

나는 걸어가는 아내의 뒷모습을 물끄러미 바라보았다.

이 사람은 나의 무엇을 믿는 걸까.

늘 쪼들려 살면서도 나는 돈 버는 일에 열심이었던 적이 한 번도 없었다. 먹고사는 일에 무심했다. 집을 마련하고, 아이를 좋은 학교에 보내고, 노후를 준비하고, 이런 것들에 저당 잡혀 사는 인생을 시시하게 생각했다.

혹시 쌀이 떨어져 굶어 죽을 상황이 된다면 그전에 죽으면 된다. 먹는 문제는 산 자에게나 필요하고 위협이 되는 일이지 죽은 자에겐 아무것도 아니니까. 그러니 먹고사는 일 따위에 결코 굴복하지 않을 것이다. 그것이 결혼하기 전부터 '생활'이라는 것을 대하는 나의 태도였다.

그렇다고 생활 이상의 거창한 목표가 따로 있지는 않았다. 다만 먹고산다는 것, 그러기 위해서 노동한다는 것, 인간의 삶이라는 게 그런 것만으로 채워져선 안 된다고 믿었다. 뭔가 의미를 추구하며 살아야 된다고 생각했다. 그러나 그것도 무슨 열망은 아니었다. 기질적으로 나는 무언가를 강렬하게 열망하거나 동경하는 게 없었다.

초등학생 때 친구들 사이에 우표 수집이 유행하자 나도

우표를 모았다. 집에 오는 편지에서 우표를 떼어내는 것이 그때 내가 한 수집 활동의 전부였다. 나는 한정판 기념우표를 구하기 위해 아침 일찍 우체국으로 달려간다거나 특정 우표를 못 구해 발을 동동 구르거나 하지 않았다. 아무려나 그렇게 모은 우표가 그래도 몇 년 지나자 제법 볼 만한 컬렉션이 되었다. 한 친구가 그것을 부러워했다. 나는 그 친구에게 내가 모은 우표를 다 주었다. 우표는 나에게 아무 의미 없으니까.

사회생활의 첫 직장이 IMF 때 망하면서 실업자가 된 후 나는 얻어걸리는 대로 대충 일하면서 변변한 직장에 취직하지 않았다. 뻔한 생활에서 벗어난 것을 오히려 잘됐다고 생각하며 그때부터 발명에 매달렸다. 나는 세상에 의미 있는 존재가 되고 싶었다. 먹고사는 일은 나에게 아무것도 아니었다.

내가 발명에 매달려 있는 동안 아내는 혼자 생업을 꾸렸다. 몇 년간 혼자 식당을 운영했고, 장사가 안 돼 문을 닫은 후에는 남의 식당에 일을 나갔다. 주방 보조 같은 허드렛일이었다. 식당 주인 중에는 손님 드나드는 방이라는 핑계로 자기네 집 청소와 이불 빨래까지 시키는 사람도 있었다. 아내는 퇴근해 돌아올 때마다 힘들어했고, 한 달에 두 번 쉬는 날에도 밀린 집안일을 처리하느라 조금도 쉬지 못했다.

아내는 그러다가 산야초 발효액이라는 것을 알게 되어 거기에 마음을 쏟았다. 머지않아 웰빙 건강식품으로 주목받을 것이라고 예상한 아내는 책을 사서 읽고, 강의를 들으러 다니고, 동호회에 가입하면서 열심히 공부했다. 동호회 사람들과 직접 산야초 산행을 다녀오기도 하고, 집 안에 항아리를 하나하나 늘려가며 각종 산야초 발효액을 직접 담갔다.

발효액 만드는 일은 상당한 징성과 수고가 필요했다. 생계 문제를 떠안아 절박해하는 아내 입장을 아주 외면할 수는 없어 나는 엉거주춤하게 아내를 도왔다. 그러면서도 아내가 취미 생활 정도로만 그 일에 관심 갖도록 은근히 제동을 걸었다. 그것이 생계에 얼마나 도움이 될지 상관없이 일단 나의 발명 시간을 뺏기는 게 싫었다.

이 집에도 그렇게 해서 이사 오게 되었다. 익숙지 않은 분야에 시간과 노력을 기울이는 것보다는 발명에 집중하는 것이 생활 안정에 더 빠를 것이라고 아내를 설득했다. 아내는 늘 내 말에 설득당한다. 아니 설득되어준다. 조용한 곳에서 딱 이 년만 발명에 집중하겠다고 하자 아내는 자기 일에서 손을 뗐다.

먼 길이라도 떠나듯 손까지 흔들어주는 아내의 배웅을 받으며 차에 올랐다.

구형 마티즈는 다행히 한 번에 시동이 걸렸다. 얼마 전부터 걸핏하면 시동이 안 걸렸다. 산골 마을에 살게 되자 차가 필요해 연식이 십사 년 된 중고차를 백이십만 원에 샀다. 그런데 수리비만 벌써 오십만 원 가까이 들었다. 깜빡이가 안 켜지고, 에어컨 냉방이 안 되고, 와이퍼가 안 움직이고, 주행에 꼭 필요한 기능들이 수시로 고장 났다.

시동이 안 걸리는 건 지금까지의 고장 중 가장 심각한 문제였다. 아직까지는 껐다 켰다를 반복하다 보면 시동이 걸려 카센터에 가는 건 미루고 있다. 엔진을 갈아야 된다는 말이 나올까 두려웠다.

노을이 번지는 하늘을 보며 국도로 들어섰다. 밤늦게 비가 올 것 같다는 일기예보가 맞는지 차가 달리는 북쪽 방향에 커다란 먹구름이 떠 있었다. 그 뒤쪽으로 석양의 마지막 빛살이 불타오르듯 찬란하게 퍼지며 먹구름의 음산한 기운을 압도하고 있었다. 흡사 천지창조의 한 장면처럼 장중하고 신비로운 모습이었다.

나는 잠시 후 보게 될 동창들을 떠올렸다. 동창들은 벌써 도착하여 계곡에서 놀고 있을 것이다. 나를 보러 온 게 아니므로 안 가도 그만이었다. 그런데 나는 가고 있었다. 걱정이 하나도 없는 날이란 어차피 없다. 그렇게 생각했다. 어떤 이야기를 나누어도 부담되지 않을 동창들과 어울려 모처럼 감상적인 회포에 젖고 싶었다.

오늘 만날 동창 중에 한 명은 화가가 되었다고 한다. 학교 다닐 때부터 미술 시간이면 유독 생기가 돌던 아이다. 그 아이가 한번은 방과 후 청소 시간에 자기 의자를 들어 교실 바닥에 내동댕이친 적이 있는데, 무슨 일로 그랬었는지는 기억이 나지 않는다. 만나면 물어볼 생각이었다.

한 아이는 공수특전사에 지원해 장기 복무자가 되더니 지금은 부사관 중에 최고 계급이라는 원사가 돼 있다고 한다. 쉬는 시간에 종종 복도에서 태권도 시범을 보이던 아이였다. 다른 한 아이는 졸업 후 줄곧 전기계측 장비 관련 회사에 다녔는데 몇 년 전에 직접 업체를 차려 사장이 되었다고 한다. 학교 때 전공을 살려 자리 잡은 몇 안 되는 아이 중의 하나다. 나는 낙하 장치의 역추진 설계도 만드는 일에 대하여 그에게 몇 가지 자문을 구해볼 생각이었다.

휴가철인데도 비가 예정돼 있어 그런지 국도는 한가로웠다. 지난 몇 달 이 도로를 수없이 지나다녔다. 집을 손보기 위한 시멘트를 사러, 비닐 장판을 사러, 장화와 연장들을 사러, 시내에 나가야만 살 수 있는 각종 생필품들을 사러 이 길을 달렸다.

'방 2, 실내 화장실, 거실 넓고 마당에 텃밭도 있는 전원주택.'

생활정보지에 적혀 있던 이 집의 광고 문안이다. 우리가 가진 돈으로 얻을 수 있는 집으로는 더 이상 없을 것 같았다. 말이 전원주택이지 산 아래 마을 한쪽에 지어진 이 집은 오랫동안 비어 있어 처음에는 귀신이라도 나올 듯 으스스했다. 우리가 들어온 후 이 집은 인근에서 가장 밝고 정갈한 집이 되었다. 집이 제대로 주인을 만났다고 이웃들이 칭찬했다. 그런데 지난주에 집주인에게서 집이 팔렸다는 연락을 받았다. 마침 그날은 고장 난 초인종을 손보려 했던 날이다. 나는 맥이 풀려 초인종을 손보지 못했다.

국도는 이제 철길과 나란히 달리는 직선 도로로 접어들었다. 이 길을 달리다 보면 가끔 기차와 나란히 가게 된다. 아내와 함께 시내로 외출했다 돌아오던 어느 날, 이 길에서 기차를 처음 본 아내가 "어머, 기차다!" 하고 어린아이처럼 소리쳤다.

석양은 빠르게 가라앉았다. 주변이 차츰 어둑해져 나는

차의 전조등을 켰다. 차창을 내리자 비를 머금은 선선한 바람이 달려들어 얼굴을 때렸다.

얼마 전부터 기분이 묘해졌다는 것을 나는 문득 깨달았다. 이 길은 길가의 주유소나 신호등 간격까지 다 아는 익숙한 길이다. 그런데 눈에 들어오는 풍경들이 전부 오래전에 본 영화 장면처럼 아련했다. 공중에 떠 있는 풍경들처럼 무엇인가 비현실적으로 느껴졌다. 바로 며칠 전 페인트를 사러 시내를 다녀왔던 일마저 아주 먼 일로 회상되었다.

그 이유를 곧 알아차렸다. 이 길이 벌써 한 시절의 추억으로 돌아서고 있는 것이었다.

체한 듯 가슴이 답답해졌다.

낙하 장치는 과연 성공할까?

나는 허황한 사내가 돼 있는 거 아닐까?

집에 혼자 있을 아내를 떠올렸다.

"어머, 기차다!"

나는 아내처럼 말해보았다. 목이 메었다.

직선 도로가 끝나고 오른쪽으로 천주교 묘지가 보이는 시 경계 교차로가 나왔다. 교차로 신호등이 빨간불이어서 차의 속도를 줄이고 있을 때 동창에게서 전화가 왔다.

"어디쯤 오냐?"

"다 와 가."

"고기 굽고 있으니까 빨리 와라."

"그래."

교차로 신호등이 파란불로 바뀌었다. 나는 우회전을 하면서 속도를 높였다. 이정표를 살피며 얼마쯤 달리자 앞 유리창에 빗방울이 떨어졌다.

나는 액셀에 힘을 가했다. 빗줄기가 점점 거세졌다. 오늘밤 동창들과 텐트에서 잘 것은 아니기에 집에 돌아갈 길이 조금 걱정되었다.

저만치 동창들의 텐트가 보였을 때 다시 전화가 왔다.

"아직 멀었냐?"

"너희들 보인다."

텐트 비막이 안에서 고기를 굽던 동창 하나가 일어나 나를 향해 손을 흔들었다. 나는 비상 점멸등을 켜 응답해주었다. 주차할 곳을 보면서 차의 속도를 줄이는데 문득, 이제 또 어디로 이사 가나, 막막해졌다.

차를 세우고 나는 그대로 앉아 있었다. 아이들은 모두 일어나 내가 내리기를 기다리고 있었다. 휴가답게 다들 경쾌한 아웃도어 차림이었다. 와이퍼가 멈추자 유리창이 금세 빗물로 흐려졌다. 일렬횡대로 나란히 서서 나를 기다리고 있는 동창들의 모습이 밤의 유령처럼 희미하게 일렁였다.

아내는 지금 뭘하고 있을까.

역추진 낙하 장치를 만드는 일이 나는 갑자기 자신 없어졌다.

"야, 뭐 해!"

빗줄기를 뚫고 한 친구의 목소리가 날아왔다.

나는 차에서 내렸다. 문을 닫자마자 빗속으로 뛰었다. 몇 걸음 달리다가 나는 털퍼덕, 돌부리에 걸려 앞으로 고꾸라졌다. 물웅덩이여서 순식간에 온몸이 흙탕물 범벅이 되었다. 얼굴엔 진흙이 달라붙어 눈을 뜰 수 없었다. 정강이에 자갈 몇 개가 부딪쳐 찌르는 듯한 통증이 몸을 타고 올라왔다.

나는 한 방을 노리는 노름꾼이었다.

아내는 그런 나를 따라와주었다.

동창들이 달려와 일으켜 세우려 했다. 나는 손을 휘저어 그들을 밀어냈다. "왜 그래?" "많이 다쳤냐?" 동창들이 웅성거렸다. 거센 빗줄기가 등과 목덜미와 뒤통수를 사정없이 두드렸다. 나는 진흙에 코를 박은 채 푸슬푸슬 웃었다. 코와 입속으로 흙탕물이 흘러들었다.

한참 후에 나는 젖은 땅에 손을 짚으며 몸을 일으켰다.

"죽은 개구리 같지 않았냐?"

나는 동창들을 향해 헤벌쭉 웃어 보였다. "짜식이" 하면서 한 친구가 내 등을 쳤다.

"집에 가야겠어."

"뭐야 여기까지 와서. 내 추리닝 빌려줄게."

등 뒤로 동창들의 만류를 들으며 나는 차 있는 쪽으로 걸었다. "야! 정말이야? 정말 가?" 동창들은 번갈아 내 이름을 불러댔지만 따라오지는 않았다.

나는 차에 올랐다. 시동을 켜고, 저만치 어수선하게 서 있는 동창들을 바라보며 차를 움직여 유원지를 빠져나왔다.

전조등이 비추는 곳 말고는 사방이 캄캄했다. 도로에 들어서기 전에 나는 차를 세우고 아내에게 전화를 걸었다.

"도착했어요? 비 많이 와서 걱정했는데."

아내는 전화를 받자마자 반가운 목소리로 말했다.

"집에 가는 중이야."

"친구들 못 만났어요?"

"이사비 문제 잘 끝났으니 한잔해야지."

"무슨 일 있어요?"

"없어."

아내를 처음 만났던 날이 떠올랐다. 청바지에 하늘색 체크무늬 셔츠를 입었고, 걸을 때면 긴 생머리가 경쾌하게 찰랑거렸었다.

"정말 무슨 일 없어요?"

아내가 걱정스레 물었다.

"없다니까."

"근데 왜……?"

"당신 보고 싶어서 그래. 당신 좋아하는 오징어회 사갈게."

"히이, 그럼 와요. 비 많이 오니까 빨리 달리지 말고."

"그래, 조심할게."

나는 통화를 끝내고 담배를 꺼냈다. 담배는 빗물에 젖어 있었다. 나는 시트를 젖혀 길게 누웠다. 캄캄한 어둠 속으로 비가 하염없이 쏟아졌다.

*

일요일 오후에 나는 모처럼 이발을 하러 집을 나왔다. 장마가 그친 하늘은 구름 한 점 없이 맑았다. 횡단보도를 건너 내가 일하는 편의점을 지나쳐 동네 안쪽으로 걸었다.

편의점이 있는 곳은 동네 외곽의 국도변이다. 우리 집은 그 맞은편으로 좀 더 외곽이다. 횡단보도를 사이에 두고 편의점과 집을 오가는 것이 일상이라 작은 동네인데도 마을 안쪽으로 들어가는 것은 매번 오랜만이다. 장을 보거나, 약국에 가거나, 농협에 가거나, 오늘처럼 이발을 하러 갈 때이다.

휴일이라 거리는 평소보다 더 한가로웠다. 나는 눈 시리게 쏟아지는 햇살을 즐기며 천천히 걸었다.

주택가 골목을 지나 시장 근처에 이르렀을 때다. 어디선가 색소폰 소리가 들렸다. 둘러보니 삼거리 모퉁이에 있는 건강원에서 흘러나왔다. 흑염소, 붕어, 잉어, 한약달임 등이 적힌 유리창 안쪽에서 주인 남자가 색소폰을 불고 있었다.

배운 지 얼마 안 돼 보이는 서툰 솜씨지만 무슨 곡인지는 알아들을 수 있었다. 〈로라〉였다. 70년대, 동네 레코드점에서 테이프 하나에 경음악 여러 곡을 담아 녹음할 때면 꼭 끼워 넣던 감미롭게 슬픈 곡. 불륜의 추억 같은 나지막한 흐느낌.

나는 걸음을 멈추고 색소폰 연주를 들었다. 따가운 여름 햇살을 받으며 동네 가게에서 듣는 색소폰 소리는 다정하게 청승맞았다. 능숙한 연주가 아니라 더 애잔했다. 얼마 후 〈로라〉가 끝나고 〈베사메무초〉가 시작되었다. 나는 계속 들었다. 〈베사메무초〉 다음에는 프랭크 시나트라의 〈마이 웨이〉가 이어졌다. 나는 〈마이 웨이〉까지 듣고 돌아섰다. 등 뒤로 심수봉의 〈사랑밖엔 난 몰라〉가 이어지고 있었다.

시장 입구를 지나 피자 가게와 컴퓨터 수리점과 인력사무소를 지나갔다. 토끼다방 앞에 한 남자가 까만 승용차를 세워놓고 담배를 피우고 있었다. 다방 출입문을 기웃거리며 누군가를 기다리는 모습이었다. 잠시 후 하늘하늘한 원피스 차림에 요염하게 화장을 한 여자가 다방에서 나왔다. 남자가 슬쩍 주변을 돌아보았다. 즐거운 데이트가 되시기를. 나는 빙그레 웃으며 그들을 지나쳤다.

이발소에는 마침 손님이 없어 나는 바로 의자에 앉았다. 삼십대 이후로는 미용실에서 머리를 깎았는데 몇 해 전부터 이발소에 다닌다. 나이 지긋한 이발사에게 머리를 맡기고 있는 것이 이제는 더 편안하다. 얼굴에 거품을 묻혀가며 면도를 해주는 이발소 특유의 서비스도 전에는 불편했는데 이제는 마음에 든다.

이발소 의자에 앉으면 졸음이 몰려온다. 거울 속으로 물끄러미 이발사의 손놀림을 바라보고 있다가 나는 눈을 감았다.

군 복무를 마치고 아직 취직은 못 하고 있던 어느 날

이다.

뒷산 약수터로 올라가는 길 초입에 연립주택 두 채는 들어설 만한 정도의 공터가 있었다. 한쪽에는 가벼운 운동기구와 나무 벤치 몇 개가 자리를 지켰다. 이른 아침엔 주로 노인들이 모여 있고, 낮에는 동네 꼬마들이 공차기를 하고, 저녁에는 몇몇 사람들이 운동을 하거나 가끔은 청소년들이 담배를 피며 서성거렸다.

나는 점심을 먹고 모처럼 산에 올라 이 리터 페트병에 약수를 담아 내려왔다. 공터를 지나가는데 여자 혼자 나무 벤치에 앉아 있는 게 보였다. 공터에 아무도 없고 여자뿐이어서 저절로 눈길이 갔다. 여자에게서 본 낯선 장면 때문에 더 그랬을 것이다.

사십대 중반으로 보이는 조금 마른 여자였다. 계절에 어울리지 않는 회색의 긴 바바리를 입고 있었는데, 왠지 일 년 내내 그것 하나만 입고 다닐 것 같은 느낌을 주었다. 여자는 부탄가스를 사용하는 휴대용 가스레인지를 벤치에 올려놓고 프라이팬에 삼겹살을 굽고 있었다. 가스레인지 옆에는 상추와 쌈장, 마늘과 기름장이 준비되어 있었다. 술은 없었다.

나는 여자와 좀 떨어진 곳에 앉아 별생각 없이 여자를 바라보았다. 동행이 있으려니 했는데 한참 지나도 오는 사람이 없었다. 여자는 단정히 앉아 고개 한 번 들지 않고 열심히 삼겹살을 구웠다. 불을 조절해가며 고기를 한 점 한 점 앞뒤로 뒤집고 있는 여자의 모습은 매우 무심해 보여서 오히려 자연스러웠다.

고기가 다 구워진 것 같았다. 노릇노릇 잘 익은 고기 냄새가 내가 앉아 있는 곳까지 날아왔다. 여자가 상추 하나를 집어 왼손에 깔았다. 고기 한 점을 기름장에 찍어 상추에 올렸다. 잘게 썰린 마늘 조각 하나를 올리고, 쌈장을 올리고, 만두피 여미듯 상추를 아무지게 말아 동그랗게 만들었다. 그러고는 입을 크게 벌려 쑥 집어넣고는 천천히 씹기 시작했다.

같은 동작이 일정한 속도로 반복되었다. 급하게 먹지 않았고, 잠시 쉬는 것도 없었다. 여자는 고기를 씹을 때마다 반듯하게 고개를 들어 무언가를 응시하듯 가만히 정면을 바라보았다. 삼겹살을 먹고 있는 게 아니라 무슨 의식을 치르고 있는 것만 같았다.

여자가 삼겹살을 다 먹는 데는 삼십 분 정도 걸렸다. 고기가 떨어지자 여자는 조금도 서두르지 않고 가스레인지와 양념 종지와 상추 남은 것 등을 주섬주섬 챙겨 보자기에 쌌다. 그러고는 갸웃이 하늘을 한번 올려다보더니 총총히 공터를 빠져나갔다.

여자가 내려간 후에도 나는 계속 앉아 여자가 떠난 벤치를 바라보았다. 어쩐지 꿈을 꾼 기분이었다. 여자를 감싸고 있던 단아하고 그로테스크한 고요. 거기에서 나는 얼핏 죽음의 그늘을 보았다. 그러나 더 강렬한 인상으로 남은 건 여자의 자태 어딘가에 서려 있던 맹렬한 투지였다. 여자는 삼겹살을 먹으면서 무언가와 싸우고 있었다. 고요하고 끈질긴 싸움이었다.

사람은 삼겹살을 먹는 것으로 삶을 버틸 수도 있겠다고 그때 나는 생각했다.

공터에는 여자가 남기고 간 삼겹살 냄새가 엷게 떠다니고 있었다. 느끼하고 고소한 삼겹살 냄새가 숲에서 날아오는 아카시아 향기와 섞이자 왠지 육감적인 여인의 살 냄새를 맡고 있는 듯했다.

공터에서 나오며 나는 '내 인생의 삼겹살은 무엇일까?' 생각했다. 그것이 없으면 죽을 수도 있는, 그것이 있어서 살고 있는 내 인생의 내밀하고도 강렬한 욕망은 무엇일까? ……없었다.

여자가 자기 인생의 유일한 낙을 삼겹살 먹는 일에 두는 것이 우스꽝스럽지 않은 건, 그것으로 다른 것을 견디고 잠

재우고 있기 때문이다. 사람을 살게도, 죽게도 할 수 있는 절실한 것. 그것 때문에 죽을 수 있고, 그것 때문에 꼭 살아야 하는 것. 당시 나에게는 그런 것이 없었다. 지금은……있다고 말할 수 있을 것 같다.

사각사각 사각사각.

이발사의 가위질 소리를 들으며 나는 깊은 졸음 속으로 들어갔다.

4

아침 여섯 시. 흰색 SUV가 선다. 짧은 머리의 삼십대 남자가 문을 들어서자마자 "몰라요" 하면서 곧바로 원두커피 내리는 기계로 걸어간다. 천 원짜리 작은 컵을 기계에 올려 에스프레소 비튼을 누르고, 커피가 내려오는 동안 계산대로 와 디스 아프리카 몰라 담배를 받고 값을 치른다.

이 손님의 동작에는 군더더기가 없다. 옷차림도 헤어스타일도 간결하다. 상대를 번거롭게 하지 않는데 예의도 딱 필요한 만큼만 차린다. 다른 건 몰라도 허튼 사기는 안 당할 것 같다.

화물차가 선다. 항상 단팥빵 두 개와 우유 하나와 생수 하나를 사가는 남자가 들어온다. 이 손님에게는 봉지를 주어야 한다. 먼 길 떠나는 사람처럼 물건들을 봉지에 담고 나면 매듭을 두 번이나 지어 봉지 입을 꽉 여민다. 할인 카드를 내고, 영수증을 꼭 받는다. 무뚝뚝한 표정으로 투걱투걱 걷는다. 내가 조금 큰 소리로 "어서 오세요" 하고 늘 밝게 인사하자 한 달쯤 지나 처음으로 "네" 하고 대답했다. 처자식 굶길 일 없을 사람인데 친구는 많지 않을 듯하다.

작업 도구가 실린 일 톤 트럭이 선다. 도시락 세 개와 컵라면 세 개를 사가는 손님이다. 한여름에는 얼려놓은 이 리터 생수 세 통을 사간다. 발걸음도 목소리도 매우 씩씩해서 볼 때마다 기분이 좋다.

심플 에이스 일 밀리 두 갑을 사가는 남자가 들어온다. 이 손님은 남의 눈에 띄면 안 된다는 듯 늘 슬그머니 들어서고 나지막하게 말한다. 편의점에 머무는 시간을 최대한 줄이겠다는 듯 현금 구천 원을 미리 들고 와서는 계산대 앞에 서기도 전에 쑥 내민다. 나 역시 담배를 미리 꺼내놓았다가 남자가 계산대로 다가오자마자 돈과 맞교환한다. 우리는 그렇게 은밀하게 접선하고 소리 없이 헤어진다.

다른 학생들보다 항상 이십여 분 먼저 나오는 남자 고등학생이 들어온다. 삼각김밥 하나와 컵라면 하나를 계산하고 온수기가 있는 간이 테이블 위에 책가방을 내려놓는다. 컵라면을 전자레인지에 돌리면서 삼각김밥을 먼저 먹는다. 식사하는 내내 눈이 스마트폰에서 떨어지지 않는다. 아침을 차려줄 사람이 없는 게 아니라 혼자 먹는 시간을 즐기는 듯하다.

신문만 두 부를 사가는 남자가 들어온다. 신문을 먼저 골라 들고 계산대로 와 "두 개요" 하면서 천육백 원을 내민다. 며칠에 한 번은 십 원, 오십 원 동전들로만 신문값을 낸다. 평범한 직장인으로 보이는데 아내가 동전을 많이 받는 어떤 부업을 하고 있지 않나 싶다.

선캡을 쓰고 목에 수건을 두른 아주머니가 들어온다. 그녀는 오늘도 민트향 껌 한 통을 사간다. 취로사업장에 나가는 분이다.

조기 축구를 뛰고 오는지 매일 운동복 차림으로 오는 사십대 남자가 들어온다. 이 손님은 늘 투 플러스 원 커피 세 개를 사는데, 사가던 커피의 투 플러스 원 행사가 끝나면 주저 없이 다른 투 플러스 원 커피를 집어 든다.

글을 모르는 오십대 남자가 들어와 주머니에서 담뱃갑을 꺼내 "이거 주세요" 한다. 비문해자들은 대개 담배 진열대를 손으로 가리키며 "위에서 세 번째, 아니 그 오른쪽으로, 아니 아니 왼쪽으로 한 칸 더 가서요, 예 그거요" 하는 식으로 자기가 살 담배를 가리킨다. 그런데 이 손님은 별말 없이 주머니에서 담배를 꺼내 보여준다. 다 피운 담뱃갑을 버리지 않고 갖고 있다가 보여주면 간단하겠구나, 하고 어느 날 문득 깨우쳤을 것이다. 지혜롭다.

여고생 삼총사가 들어온다. 이 세 학생은 외모가 참 조화롭다 싶게 서로 다르다. 한 명은 수더분한 얼굴에 보통 몸매, 한 명은 곱상한 얼굴에 날씬한 몸매, 한 명은 무뚝뚝한 얼굴에 통통한 몸매이다. 주고받는 말과 행동으로 성격도 대강은 짐작이 된다. 이십 년 후 동창회에 어떤 모습으로 나타나 어떤 대화를 나누고 있을지도 짐작이 간다.

아침 출근 시간대에는 매일 같은 사람들을 본다. 밤의 손님이 불특정 다수라면 출근 시간대의 손님은 구십 퍼센트가 단골이다. 매일 똑같은 동작과 똑같은 표정과 똑같은 목소리와 똑같은 화장품 냄새를 만난다.

늘 한 가지 모습만 대하니 오히려 눈앞에는 보이지 않는 다른 장소에서의 그들 모습이 보이기도 한다. 때로는 가족이 보이고, 때로는 어린 날이 보이고, 때로는 미래가 보인다.

"안녕히 가세요."

모두 평안하기를, 나는 진심을 담아 인사한다.

일곱 시 사십 분이 되자 점장이 왔다. 점장은 항상 교대 시간보다 일찍 나와서 매장 안팎을 둘러보고 금고 마감을 한다. 그러고 난 후 "딴 거 없지요?" 하고 물으면 퇴근해도 좋다는 말이다.

점장이 매장을 점검하는 동안 시재 계산을 마쳤다. 제로다.

"딴 거 없지요?"

점장이 물었다.

"없습니다."

"오늘 쉬신다고 했지요?"

"네, 사람 맞춰났나요?"

"주말 학생이 봐주기로 했어요. 상갓집에 가신다고요?"

"네, 자고 와야 돼서요."

"혹시 내일도 쉬셔야 되면 낮에 미리 말씀해주세요."

"내일은 나와야지요."

점장과 교대하고 편의점을 나오니 아침 햇살이 눈부시게 쏟아졌다.

오늘 저녁에는 아내와 함께 Y시에 간다. 오래 알고 지내던 형이 돌아가셨다.

                              *

땅거미가 짙게 밀려오고 있을 때 Y시 장례식장에 도착했다. 예전에 자주 지나다녔던 길인데도 이곳에 장례식장이 있는 줄은 몰랐다. 오래된 여인숙처럼 허술하고 밋밋해 길가에 있는데도 눈에 띄지 않았다. 담장도 따로 없는 기억자 형태의 조립식 단층 건물이었다.

아내와 나는 건물 앞에 세워져 있는 부고 게시판으로 걸어갔다. 다섯 개 호실 중에 하나에만 부고가 적혀 있었는데 거기에 낯익은 이름이 보였다.

'故人 이정우.'

'故人'이라는 글자가 낯설어 게시판 앞에 우두커니 서 있는 동안 날이 완연히 어두워졌다.

장례식장 안으로 들어가니 썰렁한 마당에 백사호실 한 곳에서만 희미하게 불빛이 비쳤다. 검은 양복을 입고 삼베 완장을 두른 청년이 문 앞에서 담배를 피우며 서성거렸다. 청년은 우리를 보더니 얼른 담배를 끄고 안으로 들어갔다.

빈소에 들어서기 전에 아내가 내 옷매무새를 잡아주었다. 오랜만에 입은 양복이 어색했다. 빈소에는 방금 본 청년이 소복을 입은 형수와 나란히 서 있었다. 아내와 나는 목례를 건네고 제단 쪽으로 걸어갔다.

왔나?

사진 속에서 정우 형이 빙그레 웃었다.

우리는 향 하나를 꽂고 영정 앞에 엎드렸다.

이곳 Y시에서 아내와 삼 년을 살았다. 연고 없이 흘러들어와 한 시절 살았을 뿐이지만 감회가 남다른 곳이다. 이곳을 떠난 후에도 일 년에 한 번은 내려와 이삼 일씩 묵었다. Y시는 독특했다. 이곳에는 일상이란 것이 꿈처럼 몽롱하게 바라봐지는 묘한 일탈의 기운이 있었다.

문상객들이 음식을 먹는 곳에 동규 부부가 보였다. 우리는 동규 부부와 마주 앉았다. 동규는 많이 취해 있었다.

"사랑하는 우리 인이 왔나?"

동규가 아내의 손을 잡아 위아래로 한참 흔들었다.

"맛있게 취했네."

흔드는 대로 놔두면서 아내가 말했다.

"술이 술술 하는 날 아이가?"

동규는 계속 손을 흔들었다.

"흐이그, 어제부터 내내 이랬다."

동규의 아내인 송도가 동규의 손을 홱 잡아 빼면서 아내에게 말했다. 동규 부부와 아내는 동갑이라 셋이 모두 말을 놓고 지낸다.

"편의점 일은 할 만하요?"

동규가 나에게 빈 술잔을 집어 건넸다.

"응."

나는 동규가 따르는 술을 받았다.

"진작에 나나 좀 따라다니지. 내 하루 일당이 이십만 원 이요."

동규는 삼십 년 차 숙련된 목수다.

"식사 안 했지요?"

상차림 해오겠다면서 송도가 일어났다.

"산이라면 넘어주마 강이라도 건너주마……."

동규가 나지막이 노래를 흥얼거렸다.

"오늘 우리 집에 가입시다. 요샌 상갓집에서 밤샘 안 하요."

노래를 그치고 동규가 말했다.

"방 잡아놨어."

Y시에 오면 항상 R모텔에 묵었다. 아내와 내가 거기에서 잘 때면 정우 형과 동규가 찾아와 밤늦도록 같이 술을 마셨다. 다음 날 아침에는 우리가 눈도 뜨기 전에 해장국 먹자며 문을 두드렸다.

송도가 음식을 가지고 왔다. 동규가 휘청거리며 일어나 밖으로 나갔다.

"빈소에 서 있는 머스마 봤제? 아들이란다."

송도가 아내에게 말했다.

"아, 그래? 처음 보네."

"내도. 언니도 처음 봤을걸."

정우 형이 지금의 형수와 결혼하기 전에 낳은 아들이 있다고 들은 적이 있다.

"저 사람 아슬아슬해 죽겠다. 아까도 누구하고 한바탕했다 아이가."

송도가 푸념을 하며 아내에게 술을 따라주었다.

"어쩌겠니, 형이 갔는데……."

아내는 쓸쓸하게 미소 지으며 송도에게 술을 따랐다.

동규가 돌아왔다. 동규는 길게 한숨을 쉬고 나더니 정우 형이 돌아가신 날의 정황을 들려주었다. 마침 일이 없던 날이라 정우 형이 가게 장보는 데 함께 따라다녔다고 한다. 장을 보고 난 정우 형이 저녁을 사겠다고 해서 갈치조림 잘하는 집을 찾아갔다. 그런데 주문한 음식이 나오기도 전에 정우 형이 춥다면서 자리에 누웠다. 그러고는 "추워. 추워" 몇 마디 하더니 금세 의식이 혼미해졌다. 동규는 황급히 형수에게 전화하고 119를 불렀다. 형수가 식당으로 달려왔고 곧이어 구급차가 도착했다. 구급차 안에서 형수의 손을 잡은 것을 마지막으로 정우 형은 다시 의식을 회복하지 못했다.

"며칠 놀다 가소."

동규가 과장되게 어깨를 들썩이며 기타 치는 시늉을 했다.

"간 사람은 간 사람이고, 산 사람은 놀아야 안 하요."

"시간 내서 다시 올게."

"시간이 사람 기다립디오. 필요할 때 바로 땡기는 거제."

"안 그라요?" 하면서 동규가 옆에 지나가는 남자를 홱 올려다보았다. 모르는 사람이었다. 남자는 멀뚱히 동규를 내려다보다가 그냥 지나갔다.

동규는 누구에게나 말을 건다. 상대가 화를 내도, 말 거는 자기를 무시하는 것 같아도, 정체를 밝히라며 말을 건다.

"보여줘야 알 거 아닌겨. 나는 목순데 그대는 누구요? 누군지 알아야 같이 술 마실 거 아닌겨."

상대가 당신과 술 마실 일 없다고 하면 동규는 말한다.

"그거야 알아서 하시고, 나는 또 내 생각이 있는 거 아닌겨. 그대는 뭐 하는 분이오?"

친구가 되거나 적이 되거나, 자기가 찍은 사람은 둘 중에 하나가 되어야 한다고 생각한다.

"오늘 사고 치지 마."

내가 동규에게 말했다.

"사고는 정우 형이 벌써 친 거 아이요? 백 살은 넘게 살

거 같드만……."

나는 국밥을 반쯤 남기고 담배를 피우러 밖으로 나왔다.

들어올 때는 못 봤는데 마당 한쪽에 키 큰 은행나무가 있었다. 마침 한 차례 바람이 불면서 노란 은행잎들이 눈보라처럼 날렸다. 하늘을 올려다보니 달이 휘영청 밝았다.

"형……."

나는 달을 올려다보며 눈물을 훔쳤다.

Y시에 처음 이사 왔을 때도 가을이었다. 도시 전체에 한약 특유의 쌉싸래한 냄새가 떠다녔는데, 이 지역에서 많이 재배하는 천궁 냄새였다. 그 냄새를 맡으며 아내와 나는 한동안 이 도시 곳곳을 걸어 다녔다. 산책 겸 지리 익히기였는데, 아내는 그때도 아마 먹고살 것들부터 눈에 담았을 것이다.

Y시에는 어울리지 않아 보이는 풍경들이 한 공간에 섞여 있다. 이십사 시간 편의점과 양조장과 절이 붙어 있고, 노래방과 은장도 파는 가게와 가정집이 나란하다. 사차선 교차로 한 모퉁이에서 갑자기 잡초 무성한 공터를 만나기도 한다. 공터에는 잎이 무성한 전나무 한 그루와 오래전에 버려진 낡은 자전거 한 대가 서 있는데, 바로 길 건너에는 외제 자동차 대리점의 시원한 통유리창이 햇빛에 반짝거린다.

어느 날 황혼 무렵에 Y밧데리라는 가게를 지나다가 고장난 배터리들이 차곡차곡 쌓인 마당 한쪽에서 한 노인과 한 소녀를 보았다. 노인은 소녀에게 바이올린을 가르치고 있었다. 노인은 강인하면서 고집스러워 보이고, 소녀는 총명하면서 온순해 보였다.

어느 날 이른 아침에는 세 남자가 바람을 가르듯 휘적휘적 걸어가는 것을 보았다. 가운데 키 작은 남자는 단정하게 여민 바바리 차림에 희끗희끗한 머리를 올백으로 넘기고 정면을 응시하며 걸었다. 오른쪽에 선 호리호리하고 키 큰 남자는 밝은색 체크무늬 양복을 몸에 꽉 끼게 입고 두 손은 바지 주머니에 넣은 채 좀 화난 듯이 걸었다. 왼쪽에서 걸어가는 가장 젊어 보이는 뚱뚱한 남자는 두 사람을 향해 연신 무슨 말인가를 건네며 뭔가 감개무량한 듯한 표정이었다. 왠지 나는 그들의 인생 전부를 보아버린 듯했다.

빈소 접객실로 돌아가니 동규가 일어나 탁자의 소주병 두 개를 집어 들고 있었다. 동규는 안주 접시 두 개도 따로 챙겨 송도의 손에 들려주었다.

"달빛 아래서 한잔합시다."

동규를 따라 우리는 밖으로 나왔다. 동규는 장례식장 건물 뒤쪽으로 돌아갔다. 달빛이 비치는 소로를 십여 미터 걸어가자 낡은 원두막이 보였다.

"여기가 원랜 과수원 자리라. 그때 사용하던 건데 답답한 실내보다야 술이 술술 하지 않겠소?"

나는 원두막보다 그 뒤로 드넓게 펼쳐진 옥수수 밭을 바라보았다. 장쾌했다. 들판을 가득 메운 수천여 그루 옥수수가 밤하늘을 이고 꼿꼿이 서 있었다. 마치 야간 행군을 기다리며 도열해 있는 병사들 같았다.

"사료용 옥수수요. 수확기 배당을 몬 받았나 보네."

내가 옥수수 밭에서 눈을 떼지 못하고 있자 동규가 말했다.

"수확기?"

"저걸 언제 다 손으로 베겠소. 수확 끝나면 베일러라고 조합에서 수확하는 기계를 빌려주는데 아직 차례가 안 온 거라."

"그럼 수확은 다 했겠네?"

"하마."

"저기가 더 좋겠는데?"

무슨 말인가 하며 내 눈을 쳐다보던 동규가 이내 알겠다는 듯 손뼉을 쳤다.

"콜! 기다려보소."

동규가 왔던 길로 돌아서 허적허적 걸어갔다. 우리는 바람 소리를 들으며 원두막에 앉아 동규를 기다렸다. 얼마 후 한 손으로 낫을 휘휘 돌리며 동규가 돌아왔다.

"돌격 앞으로!"

동규가 앞장서고, 송도와 아내가 따르고, 내가 맨 뒤에 서서 옥수수 밭고랑 한쪽으로 걸어 들어갔다. 따지 않은 옥수수가 드문드문 보였다. 옥수숫대는 누렇게 변색돼가고 있었지만 위쪽에는 아직 푸른 이파리들이 많이 남아 있었다. 저벅저벅 사삭사삭. 사방이 고요한 가운데 우리 발소리와 옥수숫대 스치는 소리만 들렸다.

"낫질 시작하니더."

어느 순간 동규가 돌아서서 클클클 웃었다. 우리가 한 걸음 물러나자 동규는 앞뒤 좌우를 성큼성큼 오가며 옥수숫대를 베어나갔다. 나는 동규가 베어낸 옥수숫대를 한쪽으로 옮겨 쌓았다. 얼마 후 울창한 옥수수 밭 사이로 지름 삼 미터 정도의 둥그스름한 공간이 만들어졌다.

우리는 소주병과 안주 접시를 내려놓고 둘러앉았다. 키 큰 옥수숫대가 사방에 우뚝 서 삼엄하게 우리를 호위했다. 하늘은 온통 하염없는 주홍색이었다. 앉아서 올려다보는 달이 왠지 지구 같았다.

"적마악허네…… 죽어도 모르고 살아도 모르겠네."

동규가 소주병을 들어 한 사람 한 사람 술잔을 채워주었다.

"형, 이런 노래 아요? 원 리틀 투 리틀 쓰리 리틀 인디언, 포 리틀 파이브 리틀 식스 리틀 인디언…… 이게 원랜 이런 노랜 기라. 한 도깨비 두 도깨비 세 도깨비 소쿠리, 네 도깨비 다섯 도깨비 여섯 도깨비 소쿠리……."

한참 동안 동규 혼자 말했다. 송도는 빈소에서 가져온 인절미 하나를 아주 조금씩 깨물어 오물거렸고, 아내는 양 무릎에 턱을 괸 채 시선을 땅바닥에 두고 있었다. 나는 동규의 말에 간간이 고개를 끄덕여주며 나대로 잠깐씩 딴생각에 잠겼다.

아내가 좀 추워 보였다. 나는 양복 상의를 벗어 아내의 몸에 걸쳐주었다.

"막창집에서 형 모습 생각나?"

내가 동규에게 물었다.

"하마, 그때 벌써 뭔가 빠져나간 기라."

작년 이맘때였다. 우리와 동규 부부와 정우 형 다섯이 어느 막창집에서 술을 마셨다. 유쾌한 술자리였는데 어느 순간 정우 형이 갑자기 집에 가야겠다고 했다. 우리는 좀 아쉽

게 일어났다. 그 다음이었다. 정우 형이 별안간 이상한 모습을 보였다. 정우 형은 주먹 쥔 두 손을 가슴에 가지런히 올려붙이더니 초점이 없는 몽롱한 눈빛으로 아장아장 걸어갔다. 어찌 보면 그것은 매우 애교스러워 보이는 동작이었는데, 애교가 아니었으므로 그 모습은 충격적이었다. 한순간 섬뜩한 느낌마저 들어서 우리도 동규 부부도 그 모습을 보지 못한 척 아무 내색하지 않았다. 다행히 그 불길한 모습은 바람이 잠깐 스쳐간 듯 금방 사라졌다.

"형하곤 어떻게 처음 알았어?"

술잔을 부딪치며 동규에게 물었다. 정우 형과 동규가 사십 년 넘게 만나온 사이라는 건 알고 있지만 자세한 과거 인연은 몰랐다.

동규는 시들한 표정으로 담배를 꺼냈다.

"상관없는 일이요."

동규의 말버릇이다. 깊이 생각하고 싶지 않거나 딱히 말할 게 없을 때 동규는 마치 옐로카드라도 꺼내들듯 "상관없는 일이요" 툭 한마디 던지고 입을 닫는다.

"말해봐."

"객지 사람끼리 맘 맞았던 거지 별거 있겠소."

동규의 표정이 조금 수굿해졌다.

"말해봐."

"술이나 드소."

"말해봐."

"인아, 너 이 형 은근히 진상인 거 아나?"

동규가 아내의 무릎을 탁 쳤다.

"아니."

아내가 배시시 웃었다.

동규가 정우 형과의 인연을 이야기했다.

동규는 초등학생 때 부모가 이혼하면서 아버지와 둘이 남았다. 어머니는 누나를 데리고 Y시로 왔다. 중학생이 되면서 동규는 가끔 Y시로 어머니를 만나러 왔다. 토요일에는 하룻밤 자고 부리나케 돌아가야 했으나 방학 때는 좀 오래 묵었다. 늘 무섭기만 한 아버지 곁을 떠나 Y시에 와 있는 짧은 날들은 동규에게 천국 같은 시간이었다. 어머니는 맛있는 것 하나라도 더 먹이려고 끼니때마다 온갖 반찬을 만들었다. 열 살이나 위어서 어머니만큼 어려웠던 누나는 Y시 생사공장에서 번 돈으로 동규가 올 때마다 털모자며 운동화며 아버지는 신경도 쓰지 않는 것들을 챙겨주었다.

동규가 일곱 살 위인 정우 형을 만난 것은 고등학교 이 학년이던 열여덟 살 때였다. 정우 형도 Y시가 고향은 아닌데 어느 클럽에 공연을 하러 왔다가 어찌어찌 정착해버렸다. 그 시절의 정우 형은 인기 많던 멋쟁이 기타리스트였다. 놀기 좋아하고 돈 잘 쓰고 유머 감각 뛰어나고 배포도 있었다. 특히 여자들에 대한 배려가 섬세하고도 전폭적이어서 Y시의 많은 여자들이 그를 따랐다. 그렇게 따르던 사람들이 많았는데 정우 형은 유난히 동규를 살갑게 대했다.

동규가 스물두 살일 때 어머니가 돌아가셨다. 장례 끝내고 김천으로 돌아가던 날, 어머니 안 계신데 누나만 보러 오게 될 것 같지는 않아 오늘로 Y시도 마지막이겠구나 생각하며 동규는 역사에서 기차를 기다리고 있었다. 그때 누군가 슬그머니 다가와 어깨를 쳤다.

"인생 뭐 있나. 정든 사람들 보면서 살자. 여기로 와."

정우 형이었다. 얼마 후 기차가 도착해 사람들이 올라서기 시작하는데 정우 형은 동규의 손을 놓아주지 않았다. 동규는 기차가 멀어질 때까지 정우 형에게 손을 잡힌 채 가만히 서 있었다.

"그르이 우에니쩌."

마침 저녁노을이 퍼지고 있어 플랫폼이 온통 홍시 빛깔이었다고 말하며 동규가 긴 이야기를 끝냈다.

"소쿠리는 뭐야?"

"뭔 소쿠리?"

"아까 도깨비 노래."

"모르제. 도깨비들이 소쿠리에서 나오는 거 아닝겨?"

"몰라."

"그라문 나도 모르오."

달이 우리 한가운데에 떠 있었다. 올려다본 달 표면에 사람 넷이 둘러앉아 술을 마시고 있는 모습이 보였다. 달에 우리가 비쳤거나 우리가 달 그림자일 것이었다. 바람이 휘잉 달려갔다. 옥수수 푸른 이파리들이 머리 위에서 후두두 흔들렸다. 그러고 보니 우리는 호수의 깊은 바닥에 잠겨 있는 것 같기도 하였다.

"무슨 생각하요?"

동규가 나에게 물었다.

"수건돌리기 게임 하면 좋겠다."

"창의적이네! 하입시다."

"사람이 적어. 다섯은 돼야 되거든."

"옆에 도깨비들 있네?"

"그만 일어나자."

"그랍시다."

우리는 일어나 툭툭 옷을 털었다.

옥수수 밭에서 나와 시내의 콜택시를 불렀다. 우리는 장
례식장을 지나 천천히 큰길 사거리까지 걸어 나갔다. 큰길
경계석에 네 명이 나란히 앉았다. 고요했다. 시내와 떨어진
외곽이어서 도로만 사차선으로 시원하게 뚫렸지 주변에 이
렇다 할 건물도 지나가는 차량도 거의 없었다. 멀리 보이는
시내의 불빛들이 별처럼 아스라하게 반짝거렸다.

시내로 들어가는 택시 안에서 동규는 코를 골며 잠에 빠
졌다.

동규의 집에 도착해서 나는 송도와 함께 그를 부축하여
방 안에 눕혔다. 송도가 우리 자리도 만들어주려는 것을 사
양하고 나왔다.

아내와 나는 R모텔로 향했다. 꽃동산로터리를 지나 예식
장 사거리 쪽으로 올라가는 골목을 걸었다.

Y시 골목은 정답다. 버스가 다니는 어느 길에서든 한 발
짝만 들어가면 길 양편으로 집들이 가지런히 이어진다. 주
택가 사이에는 반듯하고 한가로운 골목들이 갈래갈래 뻗어
있다. 골목 담장마다 나팔꽃, 장미, 능소화 등 제철 꽃들이
무성하고, 대문 옆으로는 상추와 고추와 각종 화초를 심은
스티로폼 박스가 늘어서 있다. 낮에 골목을 걸어가면 평상

에 할머니들이 앉아 물끄러미 바라보고, 큰 개 한 마리가 느릿느릿 마주쳐 지나간다.

Y시 골목에서는 이 도시에 처음 온 사람이라도 여기에 한번 살았던 것 같다고 느낀다. 누가 대문을 열고 나오면 아는 사람일 것 같아 돌아보게 된다. 골목을 걷고 있으면 마음이 공연히 고즈넉해져 여러 번 자기도 모르게 걸음을 멈춘다. 그러면 슬리퍼를 신고 타박타박 목욕탕으로 걸어가던 어느 아침의 숙취가 생각난다. 비 오는 날 버스 정류장에 앉아 보도블록에 치량히 젖어가는 낙엽을 바라보던 일이 생각난다.

이사 온 초기에 아내와 매일 Y시를 걸어 다니던 어느 밤이었다. 그날은 유독 골목들로만 걸어 다녔는데, 창에 불빛이 보이는 집 앞을 지나가면 마음이 따뜻했고, 불 꺼진 집을 지나갈 때는 쓸쓸했다. 집에 돌아와 대문 등을 보면서 아내에게 말했다.

"여기 등은 밤에 늘 불을 켜놓자."

그 후로 매일 밤 대문 등에 불을 켜놓았다. 어두워지기 전에 둘이 외출할 때면 미리 불을 켜놓았다. 사람들이 우리 집 불빛에 위안 받으리라 생각하면 기분이 좋았다.

석 달 정도 그렇게 하고 나서 아내에게 다시 말했다.

"이제 그만 켜놓자."

문득 철없는 일처럼 느껴졌다.

"여보, 우리 옛날에 이곳에 살 때 말이야, 내가 대문 등을 밤새 켜놓자고 했잖아. 그때 나를 좀 대책 없는 사람으로 보지 않았어?"

불 꺼진 미용실 앞을 지나가며 아내에게 물었다.

"아니. 좋은 마음이잖아요."

"그런가?"

나는 머쓱하게 웃었다.

"근데 왜 내 손 안 잡아?"

아내가 살짝 눈을 흘겼다.

"응?"

"걸을 때 꼭 손잡고 걸었던 건 기억 안 나?"

"아~"

내가 손을 잡으려 하자 아내가 뿌리쳤다. 나는 아내의 손을 꼭 잡고는, 뿌리치지 못하게 내 양복바지 주머니에 넣었다. 아내가 피식 웃었다.

역전 오거리에 이르러 '하루'가 있는 곳으로 갔다. 하루는 정우 형이 운영하던 선술집이다. 처음엔 일본식 어묵 전문집으로 만들었다가 손님이 별로 없자 나중에는 이것저것 다

팔았다. 음식 만들기를 좋아하는 정우 형이 주방을 맡고 형수가 서빙을 했다.

불 꺼진 가게는 또 하나의 부고 게시판처럼 아득하고 적막했다. 간판 불이 없으니 가게가 더 작아 보였다.

정우 형은 형수를 가게에 나오지 않게 해주고 싶어 했다. 그래서 조금씩 돈을 모으고 빚도 좀 얻어 형수가 하고 싶어 하던 옷가게를 차려주었다. 형수 없이 정우 형이 혼자 하게 되자 가게 매상은 더 떨어졌다. 가끔 하루에 가보면 손님 없이 정우 형 혼자 바 안에서 꾸벅꾸벅 졸고 있었다. 바 안쪽 선반에서 손가방만 한 구형 미니 텔레비전이 혼자 돌아갔다. "형!" 내가 소리를 내며 바 의자에 앉으면 정우 형은 그제야 고개를 들고는 "왔나?" 하고 히죽 웃었다.

흥이 오른 날이면 정우 형은 기타를 쳤다. 정우 형은 열여섯 살에 밴드에 들어가 삼십대 초반까지 직업 음악인으로 살았다. 한때는 서울 명동에서 아주 잘나갔고 지금 텔레비전에 나오는 누구누구가 선배 후배라 했다. 하루에는 여러 가지 악기가 많았다. 밴드 시절 주종목이었던 기타는 말할 것 없고 오르간, 색소폰, 하모니카, 아코디언, 피리, 봉고에 꽹과리까지 있었다. 정우 형은 그 악기들을 다 능숙하게 다루었다. 정우 형이 기타를 꺼내 연주를 시작하면 손님들은 열화와 같은 박수를 보냈다. 내가 좋아하는 〈호텔 캘리포니아〉도 몇 번 들었다.

아내와 나는 가게 간판을 한 번 올려다보고 돌아섰다. 거리는 한창 밤의 활기가 달아오르고 있었다. 눈앞에서 중년 남녀 여럿이 우르르 노래방으로 몰려가고, 총으로 인형을 쏘아 맞히는 옆 가게에서는 젊은 커플이 연신 웃음을 터뜨렸다. 거리의 다양한 소음 사이로 멀지 않는 곳에 있는 Y시 역의 안내 방송이 들려왔다. 너무 반듯하게 낭랑해서인가, 역사의 안내 방송은 잠결에 듣는 라디오 소리처럼 이상하게 멀고 비현실적으로 들렸다.

우리 앞으로 매우 취한 남자 하나가 휘청거리며 걸어왔다.

"성공했니더." 나는 나지막하게 중얼거렸다.

언젠가 정우 형과 둘이 걸어갈 때였다. 걸음도 제대로 못 걷는 만취한 사람이 앞에서 다가오자 정우 형이 꾸벅 고개를 숙였다.

"아흐, 축하하요. 성공했니더."

그러곤 나를 돌아보며 "초저녁에 저 정도 취했으면 크게 성공한 거야" 하고 웃었다.

정우 형은 유쾌한 사람이었다. 표정이 어둡거나 풀이 죽은 모습을 본 적이 없다. 그는 어색한 시간을 가장 못 견뎌 했고, 남을 재미있게 해주는 것에서 즐거움을 느꼈다. 흔한 이야기도 흔하지 않게 표현하는 재치가 있어 그가 있는 자리에는 웃음이 끊이지 않았다.

"나하고 있으면 재미없지 않아요?"

한번은 그렇게 물어보았다.

"너도 뻐꾸기야" 하고 정우 형이 말했다.

Y시에는 '뻐꾸기'라고 불리는 사람들이 있었다. 뻐꾸기가 딱히 무엇을 뜻하는지는 설명하기 어렵다. 아무튼 뻐꾸기들 스스로는 이런 식으로 말했다.

뻐꾸기가 남이 시키는 일 하는 거 봤나.

뻐꾸기한테 술 마시는 시간이 따로 있나.

뻐꾸기는 남들 먹고사는 문제는 상관 안 한다.

뻐꾸기는 남들 애정사는 관여 안 해.

뻐꾸기는 남의 싸움엔 절대 안 나서.

아흐 저 뻐꾸기, 정들기 전에 그만 만나야지.

언젠가 하루의 바에 뻐꾸기들 여러 명이 앉아 있을 때 '뻐꾸기'라는 단어를 쓰게 된 유래에 대해 물어보았다. 모두들 "글쎄" 하면서 고개를 갸웃했다. 확실하게 아는 사람은 없었다. 저마다 한 마디씩 나름의 가설을 풀어놓던 중 누군가

"뻐꾸기 우는 사연을 누가 알아" 하자 모두의 눈이 반짝거렸다.

"지금부터 그게 유래다."

정우 형이 선포했다.

어느 날 가게 이름이 왜 하루냐고 정우 형에게 물어보았다. 옆에는 동규도 있었다.

"나는 말이야……"

가볍게 물었는데 정우 형이 모처럼 진지한 표정을 지었다.

"평생을 오늘 하루만 있다는 생각으로 살았어. 내일은 없다. 그게 내 신조야. 내일은 길 가다가 금덩이를 주울지 지구가 멸망할지 몰라. 어제도 하루고, 오늘도 하루고, 내일도 하루지."

"형이 그래서 지금 요 모양으로 사는 거요."

퉁명스럽게 동규가 말했다. 동규는 무슨 말이든 거침없다.

동규의 말을 대수롭지 않게 받으며 정우 형이 윙크했다.

"진정한 베짱이는 겨울에도 개미를 부러워하지 않아. 자기 말로를 기꺼이 받아들이는 게 뻐꾸기야."

아내와 나는 R모텔로 갔다. 체크인을 하고 엘리베이터로 걸어가고 있자니 여기에서 자는 것도 어쩌면 마지막이겠다는 생각이 들었다.

방문을 열고 들어가 카드키를 꽂자 불이 켜지면서 낯익은 실내가 보였다. 우리는 신발을 벗고 방으로 들어가 침대에 나란히 걸터앉았다. 둘 다 아무 말 없이 한참 앉아 있었다. 얼마 후 아내가 먼저 씻겠다면서 욕실로 갔다. 나는 욕조에 물을 받아달라고 부탁했다. 한참 후 아내가 큰 타월을 몸에 두르고 욕실에서 나왔다. 나는 옷을 홀딱 벗고 욕실로 들어갔다.

따뜻한 물에 몸을 깊이 담갔다.

"담배 갖다 줘요?"

아내가 밖에서 물었다.

"응" 하고 나는 큰 소리로 대답했다.

잠시 후 아내가 욕실로 들어와 녹차 한 잔을 욕조 선반에 놓고, 내 손에 담배와 라이터를 쥐여주었다.

"고마워."

나는 담배에 불을 붙였다.

욕실 천장으로 담배 연기를 뿜어 올렸다.

나는 소리 내어 말해보았다.

"나는 누구인가?"

한때는 나에게 특별한 삶이 기다리고 있을 거라고 생각했다.

어느 해 겨울 아침, 아홉이나 열 살쯤, 대문을 나서자 찬 바람이 온몸에 달려들었다. 숨이 막힐 듯 차디찬 바람이었다. 몸이 금세 얼어붙어오는데도 말할 수 없이 상쾌했다. 거리에는 사람이 하나도 보이지 않았다. 쨍하고 쇳소리가 날 만큼 눈 시린 햇살이 저 앞의 키 크고 앙상한 나뭇가지 사이로 맑게 반짝거렸다.

무엇인가 경이로웠다. 말로는 어떻게도 표현할 수 없는 신비로운 기운을 온몸으로 느끼면서 어린 나는 그때, 이 세계의 비밀스러운 무엇 하나를 보았다고 느꼈다.

고등학생이던 어느 날, 따스한 햇살이 쏟아지는 도서관 옆 벤치에서 한 여학생이 영어 단어를 외우는 소리를 들었다.

"이그잼플…… 이그잼플…… 컨티뉴으…… 씨 오 엔 티 아이 엔 유 이…… 컨티뉴으…… 컨티뉴으……."

단조롭게 반복되는 영어 발음 소리가 잠자리 날개처럼 싱

그러웠다. 여학생의 목소리는 마치 방금 전까지 함께 놀다가 숨어버린 요정의 이름을 부르고 있는 듯했다.

한참 듣고 있으니 알 수 없는 슬픔이 차올랐다. 여학생은 여전히 자장가 같은 목소리로 먼 나라의 단어들을 중얼거렸다.

"엄브렐러…… 엄브렐러…… 콩그레츠레이션…… 콩그레츠레이션…… 씨 오 엔 지……."

나는 여학생 모르게 눈물을 조금 흘렸다.

징집 영장을 받아놓고 군 입대를 기다리고 있던 여름 어느 날, 릴케의 시집 한 권을 들고 자전거 여행을 떠났다. 바퀴가 훌라후프만큼이나 가늘고 손잡이가 아래로 처진 경주용 자전거였다. 내내 앞만 보면서 소도시에서 소도시로 이어지는 지방도를 하루 종일 달렸다. 작열하는 햇빛이 아스팔트 위에서 호수의 잔물결처럼 일렁였다.

시가지 안으로 들어가는 건 날이 어둑해져 숙소를 정할 때뿐이었다. 낯선 지방 소도시의 저녁 풍경은 한가하면서 부산했다. 행인들의 모습은 마치 '레디이 액션!' 하는 영화감독의 외침에 따라 막 움직이기 시작하는 엑스트라들처럼 어딘지 지나치게 자연스럽고 지나치게 활기 넘쳤다. 나는 그 낯선 활기 속으로 슬그머니 끼어들어서는 투명인간인 양 행인들 사이를 지나쳐 갔다. 'NG!' 누군가 곧 그렇게 외칠 것만 같았다.

어느 횡단보도에서 신호를 기다리며 서 있었다. 한 무리의 교복 입은 여학생들이 등 뒤에서 재잘거렸다. 옆에는 양복을 입은 신사와, 아이를 업은 여자와, 서로 손을 꼭 잡은 노부부가 있었다. 어디선가 고무 타는 냄새가 났고, 관청인 듯싶은 어느 건물 옥상에서는 녹색 새마을기가 잔잔히 흔들렸다. 까르르, 등 뒤에서 여학생들이 크게 웃었다.

시가지 초입에서 뒷길로 들어서면 작고 볼품없는 간판을 내건 여인숙들이 보인다. 먼지투성이 자전거를 끌고 여인숙 마당에 들어설 때면 공연히 비감하다. 여인숙 방은 낡고 허술하지만 방 한가운데에 반듯이 깔려 있는 이불에는 뜻밖의 아늑함이 있다.

이불 속에 누워 때 묻은 벽지를 바라보다가 릴케의 시집을 꺼내 읽는다.

이따금 나는 그대를 보고 놀랐지, 어제부터
열린 창가에 서서
그대를 보았다. 아직도 새 도시는
거절하듯 내게 완강했으며, 밖의 풍경은

마치 내가 이 세상에 없는 듯 늠름히 사라져갔지.

그 다음엔

내가 알 만한 일은 일어날 기미도 없었고,

가로등 옆으로

골목길이 솟아났지, 낯설게 보였다.

저 윗방은 등불이 아늑하게 피어 있고

이미 내 마음은 뭉클거린다. 가게 문도 닫혔다.

일어섰다. 그러자 아이가 울었다.

                    ─라이너 마리아 릴케, 〈위대한 밤〉 중에서

　여인숙에는 도무지 안과 밖의 구분이 없어 담장에 바람이 스치면 방 안에도 바람이 불고, 마당에 세숫대야라도 구르면 천장의 형광등도 깜박거리며 따라 흔들린다. 옆방에서 교성이 들리면 이상하게 편안하다. 마치 먼 바다의 파도 소리를 듣는 듯하다.

　"아아 아흐으, 헉, 허억, 아아 아아아……."

　눈을 감고 교성에 취해 있다가 깜박 잠이 들고, 불현듯 눈을 뜨는 건 옆방 여자의 흐느끼는 소리 때문이다. 여인숙에서 듣는 울음소리는 슬프다.

　그런 날들, 삶의 이면들에 언뜻언뜻 매혹적인 것이 번득

거릴 때 나는 내 앞에 비범한 운명이 기다리고 있으리라 생각했다. 먹고사는 것에나 매여 있는 시시한 삶은 결코 살지 않을 것이다. 더 높고 더 고결한, 눈부신 무엇을 꿈꾸었다.

그리하여 나는 지금 어디에 있는가.

돌아보면 나는 지극히 평범한 사람이었다. 아니 평범하기라도 했다면…… 허술하고 조급하고, 때로 시건방지기까지 했다. 늘 추상적으로 더듬거렸을 뿐 발 딛고 사는 세상의 어느 것 하나 성실하지 못했다. 사랑하는 사람에게 소박한 휴식조차 만들어주지 못한 구차한 사내일 뿐이었다.

욕실에서 나오니 아내는 침대에 누워 있었다.

"자?"

옷을 입으면서 아내에게 물었다.

"아니요."

아내가 눈을 떴다.

"먼저 자고 있어. 좀 나갔다 올게."

아내가 고개를 끄덕였다.

나는 옷을 다 입고 문으로 걸어가다가 아내에게로 다시 돌아가 말했다.

"사랑해."

"알아요."

아내가 웃었다.

나는 R 모텔을 나와 철길이 보이는 사거리까지 올라갔다.
철길을 건너면 시내다.

중앙선과 영동선 두 개의 철길이 교차하는 삼각지 마을
에서 위로 철탄산 아랫자락까지 형성된 상가 밀집 지역. 은
행과 병원과 경찰서와 영화관과 시외버스 터미널이 이곳에
있다. Y시에서 가장 크고 오래된 재래시장도 시내에 있다.

Y시는 작은 고장이라 사실 시내니 바깥이니 나눌 것도
없다. 또 지금은 철길 바깥에 번화가가 많이 생겨 시내도 낮
에만 좀 북적거릴 뿐 밤이면 오히려 썰렁해진다. 그래도 사
람들은 여전히 철길 안쪽을 시내라고 부르며 큰일 볼 때 나
가는 곳으로 생각한다.

철길을 건너 성당이 있는 곳까지 올라갔다. 거기에서 왼
쪽 골목으로 꺾었다. 짐작대로 정우 형의 차는 갈치조림 식
당 앞에 그대로 주차돼 있었다.

안을 들여다보니 키가 꽂혀 있었다. 차문도 잠겨 있지 않
았다. 문을 열자마자 후욱, 온몸으로 방게 썩은 냄새가 덮쳤
다. 정우 형이 장사 안줏거리로 시장에서 샀다는 것이다. 식
당에서 갑자기 구급차로 이송되다 보니 동규도 형수도 정

우 형이 주차해놓은 차까지는 생각이 미치지 못했던 것이다. 장례식장에서 동규에게 이야기를 들을 때부터 아마 그럴 것만 같아 차 안에서 혼자 썩어가고 있을 방게가 계속 신경 쓰였다. 나는 환기가 되도록 차창을 모두 열어놓고 키만 빼서 밖으로 나왔다. 내일 형수에게 갖다 줄 생각이었다.

장례식장에서 밥을 거의 먹지 않아 조금 출출했다. 나는 후생시장 쪽으로 길을 잡았다. 어느덧 자정이 가까웠다. 두세 군데 고추 도매상 말고는 전부 문이 닫혀 시장은 괴괴할 정도로 조용했다. 나는 밥집이 있는 골목으로 갔다. 기대하지 않았지만 '할머니칼국수'는 역시 불이 꺼져 있었다. 굽은 허리로 느릿느릿 움직이던 주인 할머니를 떠올리면서 나는 잠시 그대로 서 있었다.

Y시로 와 대여섯 달 되었을 때다. 무슨 일인가로 정우 형과 함께 시내를 돌아다니다가 이 집을 지나가게 되었다. "칼국수 괜찮지?" 하면서 정우 형이 나를 데리고 들어갔다.

가게는 밖에서 보던 것보다 더 초라했다. 햇빛이 잘 들지 않아 낮인데도 어두침침했다. 음식 만드는 주방까지 포함해 세 평 정도의 작은 공간에 테이블은 딱 두 개였다. 실내 한쪽에 칸막이도 따로 없이 주방 싱크대가 놓여 있었다. 싱크대 한쪽에 그릇들이 포개져 있고, 맞은편 벽에는 낡은 고동색 선반이 걸려 있었다. 주방 안쪽에 작은 방이 하나 있었다.

우리가 들어갔을 때 다른 손님은 없었다. 주인도 보이지 않았다.

"장사하는 집 맞아요?"

두리번거리면서 내가 물었다.

"곧 나올 거야. 할머니가 좀 느려."

"주인이 할머니예요?"

"할머니칼국수잖아."

한참 기다려도 방문은 열리지 않았다. 정우 형이 나에게 방문을 두드려보라고 했다.

"그냥 나가는 게 도와드리는 것 같은데요."

"장사하는 집에서 문 열었으면 손님을 받아야지. 두드려 서 깨워도 그게 도와주는 거야."

나는 주방 안으로 가 톡톡, 조심스럽게 방문을 두드렸다. 반응이 없었다. "탕탕!" 하고 정우 형이 입을 크게 벌려 말 했다. 나는 탕탕! 크게 두드렸다. 잠시 후 안에서 기척이 느 껴지더니 방문이 열렸다. 팔십 넘어 보이는 할머니가 문턱에 힘겹게 손을 짚으며 방에서 나왔다.

칼국수가 나온 건 그러고도 한참 지나서였다. '아주 오랜

후'라고 말하고 싶다. 주인 할머니는 우리에게 칼국수를 갖다 주고는 다시 방으로 돌아갔다. 칼국수는 국물이 약간 적고 양은 많았다. 맛은 평범했다. 그러나 면발이 유난히 쫀득해 면 씹는 맛에 먹다 보니 많은 것 같던 양이 금세 줄었다.

먹다가 나는 무심코 주방을 돌아보았다. 순간 무엇인가 가슴을 쳤다. 주방은 왠지 어딘가에서 갑자기 나타난 것 같았다. 고동색 선반 아래로 구슬픈 침묵이 내려앉아 있었다. 그 침묵의 서늘한 기운에 사로잡혀 나는 한참 동안 주방에서 눈을 떼지 못했다. 가게가 허공에 덩그마니 떠 있는 것 같다는 생각이 들었다. 칼국수를 다 먹고 일어날 때 나는 가게에 들어온 지 몇십 년은 지난 듯한 기묘한 느낌을 받았다.

그 이후로 혼자 몇 번 이 칼국수집에 왔다. 올 때마다 손님은 없었고, 방문을 두드리면 할머니가 힘겹게 일어나 나오고, 한참 후에 국물은 적고 양은 많은 칼국수가 나왔다. 할머니가 방에 들어가면 나는 낯익은 침묵에 둘러싸여 혼자 칼국수를 먹었다. 가게는 여전히 허공에 덩그마니 떠 있는 것 같았다. 탁자에 돈을 놓고 일어설 때면 공연히 긴장되었다. 밖에는 다른 세상이 있을 것 같았다. 내가 아는 사람은 다 사라졌을 것 같았다. 문을 열면 그러나 시끌벅적한 시장이었다.

술을 마시고 싶었다.

나는 철길을 건너 시내를 나왔다.

역전 근처 번개시장으로 걸었다.

번개시장에는 Y시의 남다른 술꾼들만 찾아가는 두 개의 식당이 있다. 대성식당과 동부식당이다. 둘 다 간판은 있지만 문 닫은 지 오래된 모습이고, 유리창엔 안이 보이지 않을 정도로 먼지가 쌓여 모르는 사람은 들어서지 못한다.

대성식당은 거리에 새벽빛이 깔리기도 전에 문을 연다. 이곳 손님들은 대개 혼자 온다. 들어가 앉으면 주인 여자가 동그란 양은 쟁반 하나를 내온다. 거기에 나물 하나, 김치 하나, 국물 하나, 막걸리 한 통이 나오고 천칠백 원이다. 이곳에서는 종종 싸움이 벌어진다. 혼자 마시던 사람이 갑자기 멀찌감치 떨어진 사람에게 고함치고 삿대질을 한다. 언젠가 다른 곳에서 다투었던 일의 연장이다. 몸싸움은 없다. 그것도 쉬어가면서 싸운다. 한참 고성이 오가다가 불현듯 조용해지고, 각자 술을 마신다. 그러다가 한 사내가 번쩍 고개를 쳐든다.

"당신이 잘못한 거야!"

"잘못한 건 니놈이야!"

한동안 독 오른 말들이 오가고 나면 또 잠잠해진다. 소란해져도 다른 사내들은 술만 마신다. 이곳 손님들은 남의 싸움에 끼어들지 않는다.

간판 이름은 식당인데 밥 먹는 사람은 없다. 대성식당에서 밥을 판 적이 있는지 모르겠다. 벽에 희미한 흔적으로 김치찌개, 된장찌개 같은 메뉴들이 붙어 있기는 하다. 주인은 보이지 않을 때가 많다. 방 안에서 손녀와 놀고, 뒷마당에서 나물을 다듬고, 문만 열어놓고 횡하니 남편 산소에도 간다.

대성식당에서 조금 내려가면 동부식당이다. 이곳 역시 밥은 팔지 않는다. 술값은 대성식당보다 백 원이 싸다. 들어가면 온돌방의 앉은뱅이 사각 탁자에 사람들이 둘러앉아 있다. 대성식당처럼 혼자 온 사람들이다. 안주는 문 열릴 때부터 탁자에 깔려 있는 몇 가지 반찬이 전부다. 손님이 들어오면 주인 여자가 막걸리 한 통을 갖다 준다. 이곳에는 싸움도 대화도 없다. 장례식장에서 우연히 합석한 사람들처럼 손님들은 혼자 묵묵히 자기 술만 마신다. 낯익은 사람끼리도 인사가 없다. 가끔 누군가 알아들을 수 없는 말로 웅얼거리지만 아무도 신경 쓰지 않는다.

이 식당의 주인 여자는 키가 기형적으로 작다. 못난이 인형처럼 얼굴 한쪽이 묘하게 비틀어졌는데, 가끔 좀 수줍어

하는 듯한 앳된 표정을 짓는다. 여자는 손님들이 술을 마시는 동안 마루 한쪽에 단정히 앉아 있다. 아버지를 모셔가려고 기다리는 어린 딸 같다. 앉아 있을 땐 힘없어 보이는데 일어나면 동작이 매우 씩씩하다. 여자는 순서 있게 또박또박 움직이며 할 일을 하곤 처음 자리로 돌아와 또 가만히 앉아 있는다.

Y시에서 가장 일찍 문을 여는 대성식당은 저녁 땅거미가 깔릴 무렵이면 문을 닫는다. 바통을 넘겨받듯 그 시간에 동부식당이 문을 연다. 동부식당은 밤새 장사하다가 대성식당에 불이 켜질 즈음 문을 닫는다.

나는 동부식당 문을 열었다. 침울하고 말없는 남자들 몇이 탁자에 둘러앉아 있었다. 나는 그 사이에 끼여 앉았다. 주인 여자가 막걸리 한 통을 갖다 주었다.

언젠가 이 식당에서 내 옆에 앉은 사람이 끊임없이 혼자 중얼거리는 것을 들었다.

"이게 맞아요, 나는 여기 있는 게 맞아요, 이게 맞아요, 나는 죄인이에요, 이게 맞아요……."

그날 "이게 맞아요"라는 남자의 말을 수십 번 들었다.

막걸리를 따라 마시며 손님들을 둘러보았다. 나이들이 짐작되지 않았다. 온몸에 물씬 배어 있는 쇠락의 기운 때문이다. 쇠락에는 나이가 없다. 사연도 짐작되지 않았다. 세월을 더듬어볼 표정이나 목소리가 없기 때문이다. 사람들은 그저 하나의 깊은 동굴이었다.

이토록이나 끈질기게 살아남아 자기 인생의 몰락을 고독하게 대면하고 있는 사람들을 보며 나는 경탄한다. 이들에겐 기쁨이나 희망은 없지만 슬픔도 절망도 없다. 신의 섭리를 받아내는 무구한 견딤이 있을 뿐이다. 그리하여 사람들은 언뜻, 천진하게조차 보인다.

하루에서 치렀던 어느 뻐꾸기의 추모회가 떠올랐다. 정우 형의 오랜 지기이자 하루의 단골손님이었던 사람이다. 그냥 보내기 서운하다면서 정우 형이 연락 끊어진 사람들까지 일일이 불러 모아 주선한 자리였다.

그는 사생아로 태어나 열여섯 살부터 시를 써 한 권의 시집을 냈고, 한 여인과 짧게 동거했으나 결혼은 하지 않았고, 한때 승가에 몸을 담았다가 몇 년 지나 파계하였고, 말년에는 소백산 자락에 오두막을 지어 십여 년을 두문불출 지냈다.

그는 자기 오두막에 소소암(小小庵)이라는 이름을 붙였다. 머리를 삭발한 것 말고는 스님다운 행색이 없었지만 주변 사람들은 그를 땡초스님이라 불렀다. 오래 알고 지낸 사람들은 선사로 높여 부르거나 그냥 시인이라고 불렀다. 체구가 장대하여 그를 레슬러 출신으로 보는 사람들도 있었다.

시인은 어쩌다 지인이 찾아오면 산 아래 읍내로 내려가 밤새 술을 마셨다. 아침에 지인에게 차비를 얻어 그 돈으로 소주 몇 병을 사들고 소소암까지 세 시간을 걸어 올라갔다. 그 밖에는 술을 마시지 않았으니 두주불사로 알려진 것에 비하면 막상 그가 마신 한 해 술의 양은 보통의 직장인에 비해서도 한참 적었다.

술 사먹을 돈을 왜 차비로 빌리느냐고 하면 그가 말했다.

"술값으로 달래 술 사먹으면 남의 돈으로 마시는 거지만, 차비로 받아 술 사먹으면 내 돈으로 마시는 거야."

"내 돈으로 마시면 뭐가 달라요?"

"술을 더 사랑하게 되지."

승가에 있을 때 스승에게서 법호를 받았으나 시인은 속세로 내려오면서 아호를 따로 지었다. '조금'이라는 아호다.

"뜻이 뭡니까?"

"뜻을 알아야 부르는 이름은 이름이 아니야."

"일부러 호를 만들었을 때는 아무튼 붙인 뜻이 있을 거 아닙니까?"

"붙이기로 허면 수두룩하지. 조금 자자, 조금 마시자, 조금 더 살자, 조금 믿어보자……."

누가 난 치는 재미에 빠졌다고 하면 혀를 찼다.

"난이나 치고 있으면 인생 끝난 건데."

이제는 시 안 쓰냐고 물으면 가만있었다.

옆에서 누군가 "아, 지금 시 쓰고 계시잖여. 술이 시 아니겠어" 하고 대신 거들어주면 말했다.

"술은 술이고 시는 시지, 뭣 같은 얘기 다 들어보네."

그 조금 시인이 죽었다. 기거하던 소소암에서 죽은 지 열흘 만에 발견되었는데, 발견 당시 방 안에는 마시다 남은 소주병이 뒹굴었고 시신의 입에서는 구더기가 기어 나왔다. 구더기보다 참혹한 건 방바닥 장판지에 남은 형상이었다.

시신이 발견될 때의 방 안은 싸늘한 냉골이었다는데 입적할 당시에는 군불을 넉넉히 땠는가 보았다. 그리고 아마도 벌거벗은 채 술을 마시다 잠들었나 보았다. 살갗이 장판에 눌어붙어 시신을 들어내고 나니 머리와 팔다리까지 선명한 사람 형상이 스키드 마크처럼 장판에 시커멓게 찍혀 있었다. 그것을 본 사람들마다 질끈 눈을 감으며 나무관세음을 읊조렸다.

유품으로는 시인이 늘 갖고 다니던 지팡이 하나가 남았

다. 목검이랄 수도 있었다. 일 미터 길이에 매우 단단한 나무이고 손잡이 부분에 용의 머리가 음각돼 있었다. 그 지팡이가 지금 우리 집에 있다.

유족 하나 없어 관청의 지원으로 시신이 처리된 후 정우 형이 주선한 그 추모 자리에 경향 각지의 뻐꾸기 선후배들 여럿이 Y시로 왔다.

서울 인사동에 거주하며 이제까지 아마 수만 명의 사진을 찍었을 A. A는 사진을 찍을 사람에게 늘 카메라를 바라보며 단정히 서 있어달라고 요구한다. 자세 잡는 것을 허락하지 않는다. 무슨 포로 사진을 찍는 것도 아니고 이렇게 멀뚱히 서 있기만 해서야 어디 폼이 나겠느냐고 볼멘소리를 하는 사람들이 있다. 진정한 폼은 영혼에서 나오지 자세에서 나오는 게 아니라고 그는 말한다.

트럭을 몰고 평생 전국의 장터를 돌아다니며 이불을 팔았다는 B. 이불 선물이 세상에서 가장 아름다운 선물이라고 믿는 그는 어느 자리에 가든 이불 한 꾸러미를 들고 가 마음에 드는 사람에게 선물하는데, 조금이 마지막으로 덮고 자던 이불도 그가 선물했던 것이다.

백 살이 가까운 어머니를 모시며 월악산 중턱에 오두막을 지어 살고 있는 C. C는 가을 한철에 채취하는 송이를 팔아 그 돈만으로 먹고사는데, 송이가 나지 않는 해에도 귀신같이 송이를 찾아내는 재주가 있어 그 집에 놀러 가면 라면에도 송이를 넣어 먹을 수 있다.

정우 형은 가게 앞에 '오늘은 손님 받지 않습니다'라고 써 붙이고는 트럼펫으로 찰리 파커의 재즈를 연주하는 것으로 추모식을 시작했다.

아버지의 유산으로 작은 출판사를 운영하며 팔리지도 않는 온갖 무명작가들의 책을 내주며 사는 D가 시인의 생애 이력을 나지막이 읽었다. 시인의 시집도 그의 출판사에서 나왔다. 이력을 읽던 D는 중간에 한 번 자기만의 무슨 상념에 잠겼는지 말을 끊고는 한참 침묵을 지키다가 누군가의 기침 소리를 듣고 마저 읽었다.

사람들에게 왕누님으로 불리는 E여사가 시인의 시를 낭송했다.

왜 그렇게 늦게 연락을 주었는지

어제는 감꽃이 지기 시작하더니 초가을 바람이 벌써 한 차례 비를 몰고 가는구나

저녁에 스산해서 한 잔 소주로 목을 달랬다

그리운 것은 그리운 대로 놓아두고 그렇게 내리는 비를 보

며 이 저녁을 꾸려가야 하는 것인가

　연락은 한 차례 내리는 비처럼 왔다 갔다

　감이 발갛게 익어가는 모습은 차마 보지 못하겠다.

—최영해, 〈저녁에〉 중에서

　나는 동부식당에서 나와 큰길로 올라갔다. 거리는 많이 한적해져 있었다.

　모텔로 돌아왔다. 옷을 벗고 아내 옆에 눕자 "왔어요?" 하고 눈 감은 채 내 품에 안겨오며 이내기 말했다.

　"응, 자자."

　나는 아내의 등을 감싸 안고 가볍게 토닥거렸다. 아내는 편안하게 숨을 쉬며 다시 잠들었다.

　나는 아내를 '삼 초 잠보'라고 불렀다. 자겠다고 누우면 아내는 금방 잠들었다. 함께 누워 마주 보며 이야기를 나누다가도 "잘게" 하고 내 가슴에 얼굴을 묻으면 그 즉시 새근새근 잠든 숨소리가 들렸다. 늘 보면서도 볼 때마다 신기해 나는 혼자 빙그레 웃다가 잠든 아내의 머리카락을 한참 어루만지곤 했다.

　반면에 나는 어릴 때부터 쉽게 잠들지 못했다. 눈을 감고 난 후 잠들기까지 삼십 분에서 한 시간은 기본이었다. 생각이 많아서였다. 어떤 면에서 그것은 오랜 취미였다. 잠자리에 들면 나는 눈을 감고 그날 하루 있었던 일이나 오래된 기억들을 암암히 떠올렸다. 생각은 꼬리를 물며 다른 생각, 다른 기억들로 이어지고, 어떨 때는 까마득히 잊고 있던 기억이 올라와 그 장면의 소리와 냄새와 색깔들을 하나하나 더듬게 했다. 그러다 보면 한두 시간이 훌쩍 지나갔다.

잠을 자두어야 할 일이 있을 때면 그런 버릇이 불편했다. 그런 날은 아무 생각도 안 하려 하지만 오래된 버릇이다 보니 생각이 저절로 올라왔다. 생각을 안 하려는 의식이 더 방해되어 오히려 시간도 공간도 다른 잡다한 기억들이 어지럽게 섞여 흘러갔다.

편의점 일을 하게 되자 그 버릇이 심각하게 문제 되었다. 일정한 시간은 숙면을 하고 나가야 밤 근무가 수월한데 자두어야 한다는 마음이 앞서다 보니 잠이 안 왔다. 나이가 들면서 잠이 줄어든 탓도 있어, 일고여덟 시간을 누워 있어도 실제 잠자는 시간은 네다섯 시간이 고작이었다. 부족한 잠이 근무 중에 몰려오면 견디기 힘들었다. 계산대에 서 있다가 나도 모르게 휘청한 적도 몇 번 있었다.

어느 날 나는 그 버릇을 고쳐보자고 마음먹었다. 누군가 흘려보낸 듯 떠내려오는 무성한 생각과 기억들, 그것들이 뇌리를 지나쳐 저 혼자 흘러가도록 훈련했다.

강물을 떠올렸다. 강물을 바라보며 강가에 서 있다고 생각했다.

생각과 기억의 강물이 흘러간다. 잔잔히 너울거리며 위에서 아래로 끊임없이 흘러간다. 나는 강가에 서서 그것을 바라보고 있다. 이제 시선을 한곳으로 모은다. 강물의 한곳에 집중한다. 강물은 여전히 너울너울 흐르고, 물소리도 들리지만, 나의 눈길은 강물의 어느 한 수면에 집중돼 있다. 강물의 위아래가 서서히 흐려진다. 내 눈길이 머문 수면의 한 점은 그저 부드러운 천이 바람에 나붓거리는 것으로 보인다. 나붓거리는 천 한 자락이 허공에 떠 있다. 그 부드러운 천이 내 몸에 감긴다. 몸이 가벼워진다. 아늑하다. 물소리마저 사라지고, 새근새근, 아내의 숨소리가 바람처럼 귓전에 지나간다. 아아, 편안하다.

나는 지금, 매일 강가에서 잠든다.

5

오후 근무자와 교대했다.

담배 진열대를 살핀다. 모든 칸이 충분히 차 있다. 다른 진열대의 상품도 빈자리 없이 정리가 잘 되어 있다. 당장이라도 흘러내릴 깃처럼 수북하던 분리수거함들도 깨끗하다. 오후 근무자가 학생에서 아주머니로 바뀌고 난 후의 변화다. 전의 학생은 계산대 안에서 스마트폰만 만지작거리며 매장 점검에 소홀했다.

폐기 물건을 처리하고 있을 때 오늘의 발주 물건이 왔다. 도시락 중에 장어덮밥이라는 새 메뉴가 보였다. 커피 중에도 새 메뉴가 두 종류 늘었다. 새로운 상품이 들어오면 빽빽한 진열대에 어떻게든 자리를 만들어 앞쪽에 배치해준다. 일정 기간 진열대 앞쪽에 머물다가 반응이 없으면 발주에서 제외된다. 그간의 경험으로 보면 새로 출시되었다가 살아남는 비율은 이십 퍼센트가 안 되었다.

안 팔리면 다른 게 나오고, 그게 안 팔리면 또 다른 게 나온다. 일 년 내내 신상이 밀려온다. 이거 먹어봐요, 이것도요, 끊임없이 새로운 욕망을 부추긴다. 자본주의는 끈질기다.

입고된 물건의 검수와 진열을 끝내고 계산대로 돌아왔다.

POS기 옆에 새로운 공지가 붙어 있었다. 편의점에서 발생한 사건 사고를 소개하며 주의를 당부하는 안내문이다. 두 달에 한 번 정도 본사에서 보내주는 이 안내문에는, 점주의 지인이라 속이고 돈을 빌려갔다거나, 컬러 프린트로 인쇄한 가짜 돈으로 대금을 치렀다거나, 미성년자가 담배를 사가는 새로운 수법이 등장했다는 등의 다양한 사건이 소개되어 있다. 이번엔 컬처랜드 앱 상품권 충전을 요청하고는 현금을 찾아오겠다며 나가서 돌아오지 않았다는, 게임비 충전만 해주고 돈은 받지 못한 사건이었다.

내가 공지에서 본 것 중 가장 고전적인 속임수는 어제까지 붙어 있던 〈절도 관련 사건 안내〉였다.

'사건 발생 내용'은 이랬다.

'용의자는 편의점에서 스토어매니저에게 돈을 바꿔달라고 한 후 돈을 받자마자 절취하여 도주함'.

스토어매니저란 아르바이트생을 포함한 편의점 직원을

말한다. 위 내용을 상황으로 정리하면 이렇다. 손님이 계산대로 와 오만 원 지폐나 십만 원 수표를 내밀며 만 원권으로 바꿔달라 부탁한다. 손님은 고액권을 손에 든 채 이런저런 말을 건네면서 직원의 손에 돈을 넘기는 건 자연스럽게 미적거린다. 그러다가 직원이 금고에서 만 원 지폐들을 꺼내들면 낚아채듯 받아 쥐고는 후다닥 뒤돌아 달아난다.

'용의자 인상착의'는 이랬다.

'사십대 중반. 신장 백팔십팔 센티미터, 몸무게 백십 킬로그램, 건장한 체격. 말을 조리 있게 잘함.'

장면을 상상하면 웃음이 났다. 키 백팔십팔에 몸무게 백십의 덩치 좋은 남자가 냅다 편의점 문을 박차고는 필사적으로 도망가는 모습이 범죄라기보다는 무슨 코믹극의 한 장면처럼 우스꽝스러웠다.

편의점 밖으로 나왔다. 요 며칠 계속 추웠으나 오늘은 포근한 편이다. 하늘에 물기가 있는 걸 보니 눈이 더 올 듯하다. 초저녁에 한 차례 싸락눈이 지나갔다. 바람과 함께 몰아친 싸락눈이라 내린다기보다는 달려간다는 느낌이었다. 출발 신호를 받고 일제히 달려나가는 마라톤 선수들처럼 싸락눈은 허공에 촘촘히 흩어져 도로를 따라 빠르게 몰려갔다.

거리 맞은편 중국집 이층에서 팔이 하나 없는 남자가 계단을 내려오는 게 보였다. 문 닫은 지 오래된 가게다. 남자는 외지인인데 저 건물을 사면서 이 마을에 들어와 살기 시작했다. 전에는 화물차 기사였는데 사고로 팔 하나를 잃고는 그 보상금으로 건물을 샀다. 이 거리에 중국집이 없어 장사는 그런대로 잘되었다. 그런데 작년에 아내가 사라졌다. 손님과 바람이 나서 도망갔다는 소문이 돈다.

남자가 상자 하나를 허리에 끼고 승용차로 걸어간다. 팔을 하나밖에 못 쓰는데 차문을 어떻게 열까 생각하며 지켜보았다. 차에 다가간 남자는 비스듬히 몸을 숙여 허리에 끼고 있던 상자를 보닛에 살짝 내려놓았다. 그런 다음 수머니에서 자동차 키를 꺼내 차문을 열었다. 그러곤 다시 보닛으로 가 상자 아래에 손을 밀어넣어 상자를 손바닥에 올렸다. 남자는 음식 접시를 들고 이동하는 웨이터처럼 조심하며 차로 걸어갔다. 그리고 열어놓은 운전석에 상체를 디밀고는 조수석에 상자를 내려놓았다.

남자가 차에 올라 떠났다.

찌든 때와 먼지로 희미해진 중국집 간판을 보고 있으니 마음이 스산했다.

담뱃갑을 꺼내려는데 저 위 모퉁이에서 차 한 대가 내려오고 있었다. 차가 서서히 속도를 줄였다. 나는 편의점으로 들어갔다.

새벽 세 시가 되자 손님이 뚝 끊어졌다. 나는 집에서 가져온 책을 펼쳤다.

예수가 아내와 함께 자식을 여럿 낳으면서 한 가정의 아버지로 행복하게 살아간다는 내용의 그리스 작가 소설이다. 소설에서 이 대목은 예수가 십자가에 매달려 꾸는 꿈으로 묘사돼 있다. 로마 교황청은 이 소설을 신성모독이라 하여 금서로 지정했다. 작가는 예수의 신성을 부정한 것이 아니라 '사람의 아들'이 갖는 의미를 표현한 것이다. 금서로까지 지정한 것은 예민한 반응 같다.

예수는 왜 인간의 몸으로 태어나 인간의 생을 살았는가. 인간과 더 가까워진다는 친밀성이나 스스로 낮아진다는 겸손의 문제는 그다지 의미가 없다. 신은 신이다. 인간을 구원하기 위해 신이 더 친밀하고 더 겸손해져야 할 이유는 없다. 인간의 몸이 필요했다면 이유는 하나, 신으로서는 겪지 않아도 될 몸의 한계와 몸의 욕망을 치러내기 위함이다. 인간의 오욕칠정과 희로애락을 몸소 겪고, 이윽고 자유로워짐으로써, 천국은 마음에 있다고 하는 구원의 본질을 보여주는 것이다.

배신을 당하고 십자가에 매달리고 하는 것이 그저 예언된 길을 따라가는 것뿐이라면 거기에 무슨 고통이 있고 회한이 있고 절망이 있을 것인가. 배신을 당할 때는 쓰라리고 십자가에 매달릴 때는 아프고 두려워야 인간이다. 그렇게 인간이어야 "엘리 엘리 라마 사박다니" "주여 주여 어찌하여 나를 버리시나이까" 고독하게 울부짖을 수 있다. 그렇게 철저히 인간의 길을 걷고 난 다음에야 구원도 바로 거기, 인간으로서의 한계와 욕망으로부터 솟아오른다고 하는 진정한 구원의 의미가 드러난다. 인간의 몸은 죄의 씨앗이면서 구원의 씨앗인 것이다.

그러니 사람의 아들 예수에게는 한 여인을 향한 사랑도 부질없는 것이 아니다. 사랑하는 이에 대한 사무친 미안함과 그리움의 감정을 겪지 않고서는 인간의 생을 치렀다 할 수 없다.

눈이 내리고 있다. 책에 집중한 데다 그사이 들어온 손님도 없어 알지 못했다. 책을 덮고 밖으로 나왔다. 거리가 환했다. 굵은 눈송이들이 나붓나붓 수직으로 흘러내리며 마을의 모든 지붕을 흰색으로 물들이고 있었다. 펄펄 내리는 눈 말고 움직이는 사물은 아무것도 없었다. 세상의 모든 소리가 눈에 흡수된 듯 마을 전체에 고요한 침묵이 드리워져 있었다.

나는 '할머니칼국수'를 떠올렸다. 허공에 덩그마니 떠 있는 것만 같던 분위기가 그러고 보니 내가 편의점 근무를 시작할 때 상상하는 느낌과 비슷했다.

거리는 인적이 완전히 끊어지고 지나가는 차량도 없다. 한참 만에야 길 건너편에서 자주색 중형 SUV 한 대가 느릿느릿 지나갔다. 천지가 하얀 눈발 속에서 차는 마치 그림책에서 막 빠져나온 듯 몽롱한 여운을 남기며 저 위 모퉁이로 사라졌다.

나는 일어나 가볍게 허리 운동을 했다. 그리고 팔굽혀펴기 삼십 개를 했다. 다시 계산대로 돌아와 앉았다. 실내에는 이십사 시간 내내 반복되는 최신 가요가 흐르고 있다. 창밖의 아득한 고요와는 어울리지 않았지만, 그래서 편의점다웠다. 이곳은 언제라도 누구라도 불쑥 들어설 수 있는 곳이다.

언제까지고 내릴 것 같던 눈이 잦아든다. 나는 창고에서 싸리빗자루를 찾아 밖으로 나갔다. 편의점 앞길을 쓸었다. 눈이 다시 내리면 또 쓸어야 하므로 헛일이 될 수 있다. 그래도 사람들의 발에 밟혀 굳어지는 것보다는 눈이 막 그친 지금 쓰는 것이 수월하다. 밤새 눈이 오락가락한 어느 날에는 다섯 번이나 쓴 적도 있다.

길을 건너가 우리 집 대문 앞도 쓸었다. 다 쓸고 나자 목덜미와 등에 땀이 축축했다. 비질을 그치자 금세 땀이 식으면서 선득해졌지만, 상쾌했다.

편의점으로 돌아가려다가 잠깐, 가로등 불빛이 드리워진 우리 집 담장을 바라보았다.

집값의 반 이상이 대출금이다. 올해 원금 상환이 시작되었다. 이십오 년 상환이니 확률적으로 아마 죽을 때까지 우리 집이 못 될 것이다. 어차피 월셋집이라고 생각하며 살고 있다. 대출금을 매월 갚고 있으니 나가라는 말은 듣지 않을 것이다.

무슨 일이든 끝나지 않는 일을 나는 못 견뎌했다. 공고 삼학년 때 실습 나갔던 선풍기 공장의 컨베이어 벨트처럼 하염없이 흘러오는 것, 엔딩이 없이 내일도 모레도 되풀이되는 일들, 이제는 그런 것에 아득해하지 않는다. 살아 있는 한 끝나는 일이란 없다.

딩동. 파란색 재킷을 입고 파란색 작은 손가방을 옆구리에 낀 여자가 들어섰다. 여자는 물티슈 하나와 봉지 사탕 하나를 들고 왔다. 바코드를 찍으니 육천 원이 나왔다. 여자가 지갑에서 체크카드 세 장을 꺼냈다.

"여기 하나는 천이백 원 들어 있고, 하나는 칠백 원, 또 이 거는 육백 원이 있거든요. 이거 다 쓰고 나머진 현금으로 할 게요."

"네? 카드 세 장에 들어 있는 돈에다 현금을 더해서 낸다는 말씀인가요?"

"되지요?"

잠깐 생각해보았다. 카드 하나에 현금을 합쳐 결제할 수는 있다. 그러나 카드 세 장에서 각각 얼마씩 꺼내 계산해본 적은 없다. 가능한 방법을 생각해보았는데, 가능할 것 같지 않았다.

"안 될 것 같은데요."

"왜 안 돼요?"

"그렇게는 해본 적이 없네요."

"주인 아니에요?"

여자 목소리에 짜증이 묻어나왔다.

"죄송합니다. 카드 세 장을 다 쓰는 건 어렵고 한 장은 됩니다. 제일 많이 들어 있는 카드로 한 장만 사용하시지요?"

"됐어요."

여자는 내가 들고 있던 카드 세 장을 휙 걷어가 지갑에 넣고는 만 원 지폐를 꺼내 내밀었다.

"방법이 있는지 알아볼 테니까 나중에 다시 와보세요."

잔돈을 거슬러주며 내가 말했다.

"다시 오긴 뭘 다시 와요."

여자는 어이없다는 눈빛으로 돌아섰다.

"안녕히 가세요."

여섯 시가 되었다. 겨울이라 아직 어둡다. 하지만 첫 버스 지나가는 시간은 여름이나 크게 다르지 않다. 곧 손님이 많아지기 시작할 것이다. 나는 금고를 열고 시재를 맞춰보았다.

오늘은 유난히 냄새 나고 더러운 지폐가 많다. 이런 것도 하나의 흐름이다. 어느 날은 고액권만 연거푸 들어와 잔돈이 부족해지는가 하면, 어느 날은 동전으로 계산하는 손님들이 유난히 많다. 어느 날은 일찍부터 손님들이 들어서고, 어느 날은 사람들이 모두 지각하기로 약속이라도 한 듯 평소보다 늦은 시간에 손님들이 몰린다. 알 수 없는 수많은 변수의 나비효과가 일사불란하게 특정한 방향으로 몰리는 날들이 있다.

여섯 시 삼십 분. 화물차 두 대가 잇따라 차를 댄다. 아는 사이인가 보았다. 기사들이 날씨 이야기를 나누며 들어섰다. 두 사람은 각자 커피와 콩 음료 하나씩 집어 계산대로 왔다. 서둘러 먼저 지갑을 꺼내는 사람이 없어 나는 각각 바코드를 찍고 따로 계산했다.

설령 한 사람이 먼저 지갑을 꺼내더라도 함께 계산해달라고 명백하게 말하지 않는 이상 일단 따로 계산한다. "내가 살게" 하면서 가볍게 실랑이하는 풍경이 아직도 가끔 있지만 요즘엔 더치페이가 더 많다. 중고생들은 거의 그렇다.

일곱 시 삼십 분. 어둠이 걷히고 있다. 여고생 삼총사 중에 한 학생이 들어선다. 늘 셋이 함께 다니더니 얼마 전부터 이 학생만 따로 온다. 친구들과 부딪치지 않으려는 듯 전에 들르던 시간보다 십 분 먼저 왔다 간다. 다툼이 있었나 보다.

날이 완전히 밝았다. 시즌 두 갑 손님이 온다. 레종 프레소 손님이 온다. 단팥빵 두 개와 생수 하나 손님이 온다. 민트향 껌을 사가는 손님이 온다. 원두커피 한 잔 내리고 던힐 파인컷 마스터 삼 밀리를 사가는 손님이 온다.

나는 편의점에 오는 모든 손님이 고맙다. 나는 이제야말로 '일'이라는 것을 하고 있다.

사람은 먹고살기 위해서 태어난다. 그것이 지금 내가 아는 인생의 의미이다. 에덴의 아담과 하와는 먹지 않았을 것이다. 먹었다고 해도 놀이였을 뿐 먹지 않아도 살 수 있었다. 에덴에서 추방되고 나자 살려면 먹어야 했다. 비로소 인간의 삶이 시작된다. 인류사의 모든 사건이 먹고살아야 하는 일로부터 생겨났다. 먹고사는 일을 어떻게 받아내느냐에 비천과 긍지가 갈린다. 희대의 배신도 숭고한 헌신도 다 먹고사는 일을 둘러싼 발걸음이다.

인생은, 살아가는 것이다.

"안녕하세요?" 목례를 건네며 점장이 들어온다.

"안녕하세요?" 나는 밝게 인사한다.

나의 임금은 주급으로 계산된다. 일주일에 한 번 점장이 "딴 거 없지요?" 하고 간밤의 무사고를 확인하며 봉투를 건네면 나는 꾸벅 고개 숙이며 두 손으로 공손히 받는다.

편의점을 나왔다. 앞산에서 해가 찬란히 솟아오른다.

나는 횡단보도를 건너 집으로 간다. 집 대문을 들어서자 아내의 새근거리는 숨소리가 벌써 들리는 듯하다. 나는 소리 나지 않게 연탄을 갈고, 음식 쓰레기를 갖다 버리고, 내 방 책상에 앉아 일기를 쓴다.

아내가 잠들어 있는 방문을 연다.

"왔어요?"

아내가 잠깐 눈을 뜬다.

내가 옆으로 들어가 눕자 품에 안겨오며 아내는 다시 잠
든다.

흰 머리가 많이 늘어난 아내의 머리를 쓰다듬는다.

지극히 사소한,
지독히 아득한

2017년 10월 10일 초판 1쇄 발행
지은이 · 임영태

펴낸이 · 김상현, 최세현
편집인 · 정법안
책임편집 · 손현미, 김유경 | 디자인 · 김애숙

마케팅 · 권금숙, 김명래, 양봉호, 임지윤, 최의범, 조히라
경영지원 · 김현우, 강신우 | 해외기획 · 우정민
펴낸곳 · 마음서재 | 출판신고 · 2006년 9월 25일 제406-2006-000210호
주소 · 경기도 파주시 회동길 174 파주출판도시
전화 · 031-960-4800 | 팩스 · 031-960-4806 | 이메일 · info@smpk.kr

ⓒ 임영태(저작권자와 맺은 특약에 따라 검인을 생략합니다)
ISBN 978-89-6570-523-9 (03810)

쌤앤파커스(Sam&Parkers)는 독자 여러분의 책에 관한 아이디어와 원고 투고를 설레는 마음으로 기다리고
있습니다. 책으로 엮기를 원하는 아이디어가 있으신 분은 이메일 book@smpk.kr로 간단한 개요와 취지,
연락처 등을 보내주세요. 머뭇거리지 말고 문을 두드리세요. 길이 열립니다.